Sonderdruck
edition suhrkamp

Peter Handke
Die Tablas von Daimiel

Ein Umwegzeugenbericht zum Prozeß gegen Slobodan Milošević

Suhrkamp

Der vorliegende Text wurde zuerst veröffentlicht
in *Literaturen*, Heft 7/8, 2005, S. 84-103.

edition suhrkamp
Sonderdruck
Erste Auflage 2006

Originalausgabe

Druck: Druckhaus Nomos, Sinzheim
Umschlag gestaltet nach einem Konzept
von Willy Fleckhaus: Rolf Staudt
Printed in Germany
ISBN 978-3-518-06877-9
ISBN 3-518-06877-6

1 2 3 4 5 6 – 11 10 09 08 07 06

Die Tablas von Daimiel

Ein Umwegzeugenbericht zum Prozeß gegen Slobodan Milošević

Die Zeit ist Richterin
Ibn Arabi

Ich bin einer von den mehr als sechzehnhundert, die im Prozeß des Haager Jugoslawien-Tribunals gegen Slobodan Milošević als Zeugen der Verteidigung genannt worden sind. Nicht wenige der Genannten, zunächst zu einer Zeugenaussage bereit, haben sich in der Folge von der Liste streichen lassen. Der Hauptgrund wohl: Milošević war von seinen Richtern das Recht zur Selbstverteidigung entzogen worden, weil er krank sei. Gegen den Willen des Angeklagten wurde ihm ein Pflichtverteidiger bestellt.

Auch für mich wäre das ein Grund, oder zumindest einer der Gründe gewesen, von einem Auftritt vor dem Internationalen Tribunal in Den Haag Abstand zu nehmen. In der Zwischenzeit freilich hat die übergeordnete Instanz dem Protest von Slobodan Milošević gegen die Entscheidung seiner Richter recht gegeben. Der ehemalige Präsident Jugoslawiens, dann Serbiens, darf sich im Defilée seiner Zeugen, wie zuvor in jenem, zwei Jahre dauernden, der Anklage, selber vertreten. Ich könnte demnach (m)eine Aussage(n) machen. Nur war der Entzug, der vorübergehende, des Selbstverteidigungsrechts mir nicht der Hauptgrund für eine etwaige Zeugnisverweigerung gewesen. Es gab schon vorher mehrere Gründe, vor einem Mittun in der Zeugenszenerie vor dem Haager Tribunal kräftig zu zögern.

Inzwischen steht es fest: Ich werde in diesem Prozeß gegen Slobodan Milošević nicht Zeuge sein. Ich möchte es nicht. Ich will es nicht. Ich kann es nicht. Dabei habe ich den Zeugenstand, Tribunal hin, Tribunal her, eine Zeitlang durchaus erwogen. Einige Wochen nach dem Bekanntwerden der Liste der Zeugen der Verteidigung habe ich, auf Verlangen der Rechtsberater Milošević', diesen sogar besucht in seinem Königlich-Niederländischen Gefängnis von Scheveningen nah der Nordsee, zur Zeit der Fußball-Europameisterschaft. (Mehr als ein halbes Jahr ist das nun her.)

Dabei wüßte ich keinen Haupt- oder den Ausschlag gebenden Grund dafür anzuführen, daß für meine Person die Zeugenrolle in diesem Verfahren nicht in Frage kommt. Ein paar der gleichermaßen zusammenwirkenden Gründe möchte ich aber hier und heute zu klären und aufzufächern versuchen, vordringlich einmal für mich selber.

Handelte es sich um ein Spiel – Achtung, Ironie! –, könnte ich damit anfangen, ich hätte Angst gehabt. Angst wovor, vor wem? Na, zum Beispiel, nach meinen Aussagen in das beim Jugoslawien-Tribunal (von welcher Machtinstanz wohl?) eingeführte, vom angelsächsischen Recht kurzerhand abkopierte Kreuzverhör genommen zu werden, vielleicht sogar durch die Oberste Anklagevertreterin höchstselbst, die weltberühmte Strafrechtsexpertin aus der Schweiz, die unbeirrbare Sucherin nach Wahrheit und Gerechtigkeit, die Trägerin verschiedener internationaler Menschenrechtspreise; oder auch Angst vor Fragen aus dem mir von meinen Zuschauerbesuchen zuvor fast schon vertraut gewordenen Richtertrio, etwa des weißbärtigen schwarzen Jamaikaners nach den jugoslawischen Nationalfarben – ich, der bei Farbenbenennungen so selten Gewisse –, oder seines Beisitzers, des südkoreanischen Pfandrechtsexperten, nach der Aussprache der Kosovo-Orte wie »Dečani«, »Gračanica«, »Kosovska Mitrovica«.

In diesem Sinne könnte ich vom Zeugentum auch abgehalten worden sein durch Pressekommentare zu der publik gemachten Zeugenliste. Fast zur selben Zeit war nämlich auch, durchaus mit meinem Willen, öffentlich geworden, daß ich die Hälfte eines Theaterhonorars an die südserbische Stadt Varvarin weitergegeben hatte, wo während des Kriegs gegen Jugoslawien Ende Mai 1999 auf einer Brücke über die Morawa von der NATO zehn Menschen zu Tode gebombt worden sind. Die Betroffenen von Varvarin hatten gegen die den Krieg mitführende Bundesrepublik in Deutschland einen Schadensersatz- und Schmerzensgeldprozeß angestrengt, von einem deutschen Gericht in erster Instanz wegen Unzuständigkeit abgewiesen, und so sollte mein Weitergeben des aus staatlichen Quellen (?) fließenden (?) Stück-Gelds (Senat von Berlin) wenigstens ein kleines Zeichen setzen; fast verschwindend angesichts der Tatsache der Prozeßkosten.

Ein Kulturfachmann der *Frankfurter Allgemeinen (Zeitung)* unternahm nun zu diesen zwei zufällig eher zeitgleichen Nachrichten eine Art Zusammenschau und erarbeitete folgende Analyse: Da ich bei der Weitergabe des deutschen Staatsgeldes »diktierte«, solange die Leute von Varvarin nirgends auf der Welt eine Instanz hätten, die ihnen zu ihrem Recht verhelfe, verdiene das Völkerrecht nicht mehr seinen die Menschheit ehrenden Namen, sei es »klar«, daß so darauf abgezielt worden sei, »dem internationalen Recht, und damit auch Den Haag, seine Legitimation abzusprechen«. Mit meiner Frage: »Wo sind die heutigen Juristen?« frage, so der Sprachanalytiker, ich demnach nur »scheinbar im Namen der Menschen von Varvarin«. Sollte ich nun »wirklich« – so das Fazit der Analyse – »zur Verteidigung eines Mörders wie Milošević« antreten, hätte ich »das Recht zur Anklage endgültig verwirkt«.

Zusammenschau oder Zeitungsdemagogie? Analyse

oder Meinung? Fazit oder Drohung? Abgesehen davon, daß die Leute von Varvarin, ihnen voran der Bürgermeister der Stadt, der durch die Bombenangriffe – der Bomber kehrte nach dem ersten Abwurf zur Vollendung seines Sonntagswerks noch einmal zurück – seine fünfzehnjährige Tochter verloren hat, von Anfang an wissen ließen, daß sie gegen Slobodan Milošević sind, und waren; abgesehen auch davon, daß es vielleicht noch immer nicht so ganz den internationalen Presse-Regeln entspricht, einem Angeklagten vor dem Urteil den »Mörder« zuzuschreiben: obwohl ich nun natürlich damit kommen könnte, daß jener Drohartikel, unter anderm, es war, der mich dann vor meinem Zeugenstand in Den Haag zurückschrecken machte, zum Beispiel »im Interesse meiner Bücher und vor allem meiner verstreuten Leser«, trug das doch, »bitte, mir zu glauben«, nicht im geringsten zu meinem Verzicht auf den öffentlichen Auftritt, meinem »Comeback« in die Öffentlichkeit, wie der Frankfurter Sprachspezialist das nannte, bei. Zu sehr bin ich über die Jahre daran gewöhnt, wie jeder meiner Sätze zu Jugoslawien, der, statt von »Massakern und Massengräbern«, von »Ruhe und Frieden« handelt, als ein regelrechtes Delikt bewertet wird.

Zur Zeit, da Slobodan Milošević noch der Friedensschlußpartner von Dayton 1995 war, vertuschte ich noch die Untaten ganz Serbiens und »der Serben«, indem ich die »himmelan weidenden Schafe« in den Weinberghügeln an der Morawa erzählenswert fand oder »den walddunklen Honig« – solche Wörter strömten, meinte man unabhängig von Jugoslawien, einen Geruch »von Blut und Boden« aus. Dann, mit der Einkerkerung des ehemaligen Präsidenten in Belgrad im neuen Jahrtausend und seiner Auslieferung an das Internationale Tribunal nach Holland – womit das bekriegte Jugoslawien, im Juni 1999, bei Kriegsende, unbesiegt, erst in der Tat den Krieg verlor –, änderten sich solche öffentlichen Zuschreibungen: Jeder meiner Sätze, in denen nicht die Massaker usw. mitangetippt waren, zeigte inzwischen meine Komplizenschaft mit dem blutbefleckten Diktator und Schlächter des Balkans.

Aus dem medialen Umlauf gezogen überhaupt die langjährigen Pauschalisierungen Serbiens, etwa in der Haupteigenschaft des Volkes, des »Trotzes« (zu dem der damalige Jugoslawienkorrespondent der Frankfurter Zeitung, Büro in Budapest, während der stärksten antiserbischen Klimax dazusetzte: »böswillig« – »inat«, das serbische Wort für »Trotz«, sei noch weit Böseres als eben nur Trotz – während in Wahrheit »inat« aus dem fremden Türkischen stammt, den Serben hineingewürgt in den fast fünf Jahrhunderten der Türkenherrschaft); dafür die Personifizierung des Bösen nun in der Gestalt des Slobodan Milošević: nicht gar untypisch etwa, daß, als der französische Advokat Jacques Vergès sich als Rechtsberater für M. in Den Haag anbot, dem Namen Vergès öffentlich wie selbstredend Titel wie »Verteidiger Klaus Barbies und des Terroristen Carlos« folgten, ohne einen Gedanken, daß die große Leistung des Anwalts vor allem die Verteidigung der algerischen Unabhängigkeitskämpfer vor den französischen Gerichten war, und bleibt.

Was mich betrifft, so genügte, noch vor kurzem, die Aufführung, und nicht einmal die erste, meines *Untertagblues*, daß der Reisekritiker der *Süddeutschen Zeitung* aus dem heiteren Untertaghimmel es auf das Stück und dessen Schreiber donnern ließ, mit der Benennung der »andersgelben Nudeln« vom Belgrader Grünmarkt (Oktober 1995, Friede von Dayton) hätte ich den »Massenmörder Milošević« verteidigt und als Autor meine »Integrität verloren«. Und selbst ein (1) langjähriger Freund sah in mir, aufgrund meiner jugoslawischen Reiseerzählungen, einen »Freund von Milošević« – was er mich freilich nicht von Angesicht zu Angesicht, privat, wissen ließ (gibt es »öffentliche Freundschaft«?), vielmehr, obwohl wir einander doch regelmäßig und stets freundschaftlich trafen, auf dem Zeitungswege und im da üblichen Deutsch (er, ein Künstler): Meine »Freundschaft mit ...« habe mir »die Brille beschlagen«.

Ich bin also gewohnt, Freund eines Massenmörders, etc., geheißen zu werden. Die mediale Androhung, mit dem Zeugenauftritt endgültig »das Recht zur Anklage« zu verwirken, hätte mich – siehe den *inat*, den »böswilligen Trotz« – eher zum »Comeback in der Öffentlichkeit« geschubst. Nein, die Gründe, mich nicht vor das Internationale Tribunal zu stellen, sind andere. Einige hatte es schon vor Prozeßanfang gegeben, und es wurden im Verlauf des Prozesses gegen Slobodan Milošević mehr und mehr. Seltsamerweise hatte sich mir der erste und, objektiv betrachtet, vielleicht entscheidende der Gründe mit der Zeit eher abgeschwächt: die Tatsache, daß die Errichtung dieses speziellen »Intern. Strafgerichtshofs für (sic) das Frühere Jugosl.« keinerlei Rechtsbasis habe. Sowohl durch die Berichte von den vorangegangenen Prozessen dort gegen (sic) »mindere« Angeklagte als auch, viel stärker noch, durch die unmittelbare Teilnahme daran als Zuschauer, war sogar mir Skeptischem das Gericht am Churchillplein, allein schon das Gebäude, die Örtlichkeit und insbesondere die vielfältigst geordnete, durch und durch hierarchische Szenerie, als etwas, wenn auch nicht unbedingt Legitimiertes, so doch Gegebenes, Unumgängliches erschienen. Fast wäre man versucht, die Formel von der »normativen Kraft des Faktischen« auf solche Phänomene zu übertragen – fast: strahlte das Faktum dieses besonderen Tribunals nicht doch mehr und auch weniger aus als eine »Kraft«, und käme seine Wirkungsweise nicht wohl weniger aus dem Faktischen als aus einem schier undurchdringlichen Mit- und Ineinander, einem Amalgam und Simultan aus der andauernden Gewalt der vollendeten primären, das Recht fürs erste überspringenden Tatsachen und andrerseits einer jedes etwa nationale Tribunal gleichsam beschämenden, überzivilisierten, wie mit Samt umkleideten Prozeßordnung, wo die aus dem Balkan herbeigeschafften Angeklagten, tagaus wie tagein, Frage um Frage, behandelt werden wie freiwillig angereiste Zeugen oder gar Ehrengäste – eine nicht geheuere Verknüpfung aus der im Anfang gesetzten Über-Macht und den jedes Human-Soll übererfüllenden, einem Reigentanz gleichenden Verfahrensfiguren, wogegen, anders als angesichts des bloß Faktischen, kein Widerspruch oder gar Widerstand, geschweige denn ein Rechtsstreit mehr möglich scheint.

Andere Gründe für mein Nichtzeugentum im Milošević-Prozeß sind mir ungleich handgreiflicher als dieser anfängliche (der Illegitimät oder Willkürlichkeit des Tribunals, verblaßt mit meinem wiederholten Teilnehmen an der Schwelle für Schwelle, Ecke für Ecke, Trennglas für Trennglas, Talar für Talar überbetonten Gerichtsszenerie). Gleichwohl kommt jetzt mir vor, als kämen sie alle, ja alle, aus dem wie entkräfteten Anfangsgrund. Ich werde diese weiteren Gründe freilich nicht auflisten, sondern sie vielleicht spüren lassen im Weitererzählen dessen, was nach dem Publikwerden der erwähnten Zeugenliste geschah; spüren lassen zuallererst, im Nieder- bzw. Aufschreiben, mich selber.

Zu dem Besuch in dem Gefängnis von Scheveningen war ich bereit ohne ein Zögern. Allerdings fuhr ich dann hin nicht gerade als ein möglicher Zeuge – wenn ich das da auch noch nicht ganz ausschloß. Ebenso war ich nicht neugierig auf den unbekannten »Freund« und wollte auch nichts, jedenfalls nichts Prozeßträchtiges, von ihm wissen. Es war mir ein wenig mulmig zumute, in der Vorstellung, sein Rechtsberater habe mich dem Angeklagten bloß so eingeredet. Andererseits: wenn er seinerseits nichts von mir wissen wollte: um so besser. Vordringlich war auf dem Weg aber ein Bewußtsein von Pflicht – nein, nein, nicht vor der Geschichte usw. –, einer Pflicht – einfach so.

Tag und auch Stunde waren mit Milošević' Rechtsberater geklärt. Kurz vor meinem Aufbruch wurde ich aber noch einmal angerufen, aus dem Tribunal höchstselbst, »Zeugen- und Opfersektion«. Das Zugticket Paris–Den Haag sei für mich bereit. Ebenso sei das Hotel reserviert. Als ich antwortete, ich wolle die Fahrt und das Hotelzimmer selber bezahlen, und außerdem hätte ich schon in einem anderen Hotel als dem vom Tribunal genannten bestellt, kam erst einmal ein langes, wie verständnisloses Schweigen, worauf ich meine Antwort wiederholte. Nach einer weiteren Schweigepause und einem nicht mir bestimmten, mir auch nicht entzifferbaren Dialog erklärte die Stimme des Tribunals sich einverstanden, zugleich wie von dem eigenen Einverständnis gar nicht recht überzeugt; für die folgenden Zeugenreisen würde wohl eine klare, strikte Regelung herrschen; welche bis zum Augenblick sich noch nicht als notwendig erwiesen hatte. Zumindest aber sollte ich jetzt meine Ankunftszeit nennen, damit ein Wagen der Zeugensektion mich vom Haager Bahnhof abholen könne. Als ich auch das dankend ablehnte – ich wollte mich erst kurz vorher für einen Zug entscheiden und auch unbegleitet zum Hotel finden –, hieß man mich, aber auf jeden Fall am Morgen des geplanten Gefängnisbesuchs mich zum

Transport im Tribunalwagen bereitzuhalten, und dem stimmte ich ohne weiteres zu (obwohl es vom Hotel am Meer zum Gefängnis, das mir von außen längst vertraut war, ein luftiger Fußweg gewesen wäre).

Im Hotel von Scheveningen dann angekommen, las ich eine Gerichtsnachricht: der Beginn der Besuchszeit für den Folgetag, von dem Untersuchungsgefangenen – war das Teil seiner Rechte? – fixiert, war vom Tribunal um einiges vorverlegt worden. Am nächsten Morgen stand ich pünktlich an der Rezeption. Ich war es dann, der die Abholer erkannte; es waren zwei. Einer der beiden verschwand, und ich, der einzige Passagier in einem Kleinbus, wurde von dem Fahrer vor dem Tor des Königlichen Zuchthauses abgeladen. Gute drei Stunden wartete der junge Mann dort auf mich. Er war schon seit langem beim Tribunal angestellt; kannte den Balkan von mehreren Fahrten mit Zeugentransporten aus allen ehemaligen Teilrepubliken Jugoslawiens. Für den Innendienst der Zeugensektion arbeiteten angeblich mehr als dreißig Leute.

Zwei Monate nach meinem Gefangenenbesuch wurde mir – Milošević war inzwischen wegen Krankheit von der Eigenverteidigung ausgeschlossen worden – von seinem englischen Pflichtverteidiger, dem vorigen *amicus curiae*, angedeutet, ich sei nicht als einfacher (Augen- und Ohren-) Zeuge genannt, sondern als »expert witness«, und ein solcher »Expertenzeuge« verspreche eine Analyse der zu bezeugenden Sachverhalte und die schließe »unvermeidlich (m)eine Meinungsäußerung über diese« ein; und solch ein »Expertenzeugnis« habe in der Form eines (schriftlichen) Reports zu geschehen, welcher der Richterbank und der Anklagevertretung »im voraus« zuzugehen habe. Solch ein Expertenreport könne von den Richtern als Zeugnis abgelehnt und folglich im Verfahren nicht angehört werden, »if not served in the correct form ... Would you be willing to provide an expert witness report?«

Zu solch einem Expertenreport anstelle einer einfachen Zeugenaussage wäre ich sowohl nicht bereit als wohl auch unfähig gewesen. (Experten für dies und jenes, meinetwegen, recht so – »Balkanexperten« aber: ja, Analysen unentwirrbar verknüpft mit Meinungen – nicht bloß Meinungen, vielmehr Parteinehmen – und so: nicht recht, nicht *rechtens*; alles, nur nicht als Partei auftreten.) Im Moment der Report-Anforderung war ich freilich, so oder so, bereits sicher, es werde aus meinem Comeback, als Zeuge in dem, diesem Tribunal nichts werden. Und es kam auch danach zu keinem neuerlichen Unschlüssigwerden und Wieder-Erwägen, als die zweite Verfahrensinstanz dem Angeklagten das Recht, sich selbst zu verteidigen, zurückgab. Ob nicht gerade solch prononciertes Instanzenspielwerk – die Instanzen dazu eng beieinander im selben Amtshaus – bei gleichzeitigem Weiterwirken und der letztendlichen Urteilsspruchkompetenz gerade der Richterschaft, die ihrem Angeklagten doch zuvor sein Recht genommen hatte, mich noch bestärkte in meinem Gedanken der Sinnlosigkeit, der bloßen Alibihaftigkeit und sogar der Schädlichkeit eines derartigen Zeugentums. Ein Alibi wofür? Ein Schaden wofür? (Unnötig, zu raten.)

Wenn ich mir das Funktionieren, Agieren, Reagieren und insbesondere Sich-Präsentieren dieses speziellen Tribunals vergegenwärtige, kommen mir zum Vergleich eigene Verhaltensweisen in den Sinn, die sich mit den Jahren, nicht eben zu meiner Freude, mechanisiert und geradezu institutionalisiert haben. Diese innere Maschinerie kommt immer wieder in Gang, sooft ich, in einer Äußerung oder Handlung gegenüber dem und jenem andern, eine Grenze überschritten, gar übersprungen habe. Ich spüre danach, vielleicht ja nicht ganz unrecht gehandelt zu haben, oder sogar »halbwegs« recht, aber stärker noch, als sei es nicht ganz rechtens gewesen, es *so* zu tun, *so* zu äußern.

Der Mechanismus, oder die Automatik, die sich dann in mir in Gang setzt, spielt sich etwa folgend ab (es ist in der Tat ein Spiel, wenngleich kein heiteres, freiwilliges, sondern ein ziemlich zwanghaftes, finsteres, geradezu panisches): Nicht allein geht es nun darum, mich vor dem andern, gegen den ich die Überschreitung oder Anmaßung begangen habe, auf einer in mein Inneres projizierten Bühne ins Recht zu setzen, sondern auch, im nachhinein auf dieser Bühne die Gründe oder eher Redefiguren auftreten zu lassen, welche den andern schuldig sprechen. Ohne mein Zutun und, wie ich das jedesmal dann früher oder später (leider meist eben später) erkenne, wider mein besseres Wissen, verwandelt sich das, was in der Wirklichkeit, durch ein paar abrupte Worte etwa, geschehen ist, in eine ausführliche, theatralische Inszenierung.

Ein langwieriges, pausen- wie lückenloses Verbalisieren, Dialogisieren, Rhetorisieren und vor allem Plädieren und Fingieren dreht sich im Kreis und im Kreis, und weiter im Kreis, wobei das Ergebnis doch schon von Anfang an feststand: Schuld bist du, der andere. Viel zu mild war ich mit dir. Noch viel härtere Worte gebührten dir. Noch viel ungeheuerlicher ist deine Schuld als von mir angedeutet. Sei froh, daß ich viele meiner Mittel für diesmal noch zurückgehalten habe – beim nächsten Mal aber! Außerdem habe ich im höheren Interesse gehandelt; es geht nicht um dich und mich, sondern um das Prinzip, die Sache, die Welt, die Gerechtigkeit, die Opfer, die Zukunft, die Läuterung, das Exempel, den Paukenschlag. – Und sooft mir dann in solch theatralischem inneren Nachstellen des Geschehenen die Redefiguren ausgehen, wiederhole ich sie, häufe ich sie, lasse sie Karussell fahren, schneller und schneller, lauter und lauter, kleide ich sie ein, bunter und bunter, gebärde mich dabei selber amtlicher und amtlicher, in einer Syntax, die, wenn auch im stillen, unausgesprochen, obrigkeitlicher und obrigkeitlicher wird, bis die Figuren, allein kraft des Im-Kreis-Fahrens und mir als der Allein-Instanz, die keine andere Instanz anerkennt als sich selbst, tatsächlich den Anschein von Argumenten, Beweisführungen, Schlüssigkeiten, ja Notwendigkeiten für den richtigen, ordnungsgemäßen Lauf der Welt bekommen. Wozu mir oft auch nur eine einzige solche rhetorische Figur genügt: auf meiner sich mehr und mehr beschleunigenden inneren Drehbühne erscheint diese zuletzt als eine vollzählige, eine lückenlose Beweiskette gegen den andern. Allerdings bedeutet der Moment zugleich in der Regel auch den Schlußpunkt dieses außer Kontrolle geratenen Schuldspruch-Theaters. Das Ringelspiel hält – schweigt – kein Ringelspiel mehr – nichts da – keine Figuren mehr – beileibe nicht zu meinem Leidwesen. Und erst da wird der Weg frei für die Diagnose: Etwas ist falsch. Ich bin falsch. Was war falsch, war krank an meinem inneren Gerichtspielen und Rechtsprechen? Schon der erste Anfang, das Anfangen war falsch. So viele Begründungen ließ ich auffahren, weil mir der Grund fehlte. Alles war falsch. Alles war krank.

Gewiß hat jede Gerichtsinstitution etwas von solch einem in die Tat-Wirklichkeit übertragenen Bewußtseinstheater, mehr oder weniger. Auf dieses Mehr oder Weniger kommt es aber an. Je weniger, desto größer und auch selbstverständlicher, in der Rechtstradition verankert, die Einheit oder der Zusammenhang des jeweiligen Gerichts und dessen Sitzes mit seinem Ort, seiner Gegend, und insbesondere der Gesellschaft da. Für sie ist solch ein lokalbezogenes Gericht – es muß ja nicht Bezirks- oder Land(es)gericht heißen – zuständig, und das Rechtsprechen da hat im Laufe der Zeit fast (fast) etwas von einem Naturgeschehen bekommen, höchstens an der (Tages-)Oberfläche, hin und wieder, begleitet von Inszenierung bzw. Ritualisierung; nicht aber geleitet, bestimmt in seinem Grund und Untergrund, in seiner Gründung schon, in seinem Setzungsakt. Und die wenigsten Spuren von Mache und Imponiergehabe, Auftritt und Abgang, Zwanghaftigkeit und Rhetorik, Sprechen in höherem und höchstem Namen gefährden das Bild von einem Quasi-Naturvorgang in den sowohl lokal- als auch überdies sach(en)bezogenen Gerichten, einem Erbschafts-, Handels-, Pfandgericht.

Je umspannender und vielfältiger die Zuständigkeit einer Institution, je grenzüberschreitender, überlokaler, »internationaler«, desto abgesetzter von der, von jeder anderen Gesellschaft präsentiert sie sich, desto eigengesetzlicher und ritueller, als Quasi-Staatsgewalt jenseits der Staaten, sogar ohne deren Prinzip der Gewaltenteilung, überprüft von wem nur? verantwortlich wem nur?: Das ist die Welt, die Neue, zum Beispiel in Gestalt des Internationalen Straftribunals für Jugoslawien. Ist das die Welt? Das Neue Große Welttheater? So betrachtet – und ich kann es nur so betrachten – bringen aber sein in sich selbst kreisendes Gehabe und sein Schein, wie jedes Theater, auch das gar nicht seligmachende, diese und jene Wahrheit mit sich. »Wer vieles bringt …« Und überdies ist das Tribunal, sooft es eben nicht Welttribunal spielte, oder spielen mußte, immer wieder, im Sinne der Rechtsfindung und -sprechung (was allein seine Sache sein sollte) von Nutzen gewesen. Auch von Segen? Allein der Nutzen könnte ein Segen sein.

Die Male, die ich als Zuschauer beim Tribunal gewesen bin, zeigten mir grundverschiedene Prozesse. Am realsten ging es jeweils zu, wenn Tatsachen und Tatbestände bezeugt, untersucht, befragt wurden, die in einem unmittelbaren Bezug zu den Angeklagten standen. In den Prozessen etwa gegen die lokalen kroatischen Paramilitärshäuptlinge von Mostar/Herzegowina oder gegen die muslimischen Kapos und Unterkapos des Lagers von Ćelebići, wo bosnische Serben interniert waren, arbeiteten die Richter, im überprüfbaren und überschaubaren Zusammen- und auch Widerspiel mit den Anklägern und Verteidigern, an der Klärung von Schuld oder Unschuld. An der Hand eines haargenau nachkonstruierten Modells des Internierungslagers zum Beispiel wurde durch alle Prozeßbeteiligten, Schritt für Schritt, Zug um Zug erarbeitet, ob die Torturen, Vergewaltigungen, Tötungen tatsächlich stattgefunden hatten, und ob so, wie es die Belastungszeugen angaben, und ob die einen der Angeklagten, die Wärter, außer Zweifel die Täter waren, und ob den andern – dem Lagerkommandanten und den militärischen Gebietskommandanten – die Mitwisserschaft an der Untergebenengewalt nachgewiesen werden konnte, oder sogar die Befehlserteilung. In diesen Prozessen, beschränkt auf die Lokalitäten und die dort leibhaftig agiert und erlitten habenden Personen, war etwas wie ein normales Gericht am Werk (in dem Maße, in dem solch eine Einrichtung eben »normal« sein kann), und weder Ankläger noch Verteidiger zelebrierten sich je als Teil eines Tribunals.

Und paßte dazu dann nicht auch das den Balkanverhältnissen ziemlich gerecht werdende Urteil in dem einen Prozeß, wo mit den schwersten der Strafen belegt wurden die unmittelbaren Täter und/oder Befehlsgeber des Lagers, während dessen Kommandant wegen erwiesener Mitwisserschaft die geringste Strafe erhielt und der Militärkommandant der Region, nicht zweifelsfrei in die Verbrechen eingeweiht, sogar freigesprochen wurde? (Von einer Verantwortung des Alija Izetbegović des Präsidenten und Oberbefehlshabers im Sarajewo hinter den sieben Bergen, war in diesem Gericht nicht einmal andeutungsweise die Rede.)

Immer wieder bei meinen Tribunalbesuchen bin ich zwischen den drei verschiedenen Prozeßsälen hin und her gewechselt. Sie waren wirklich ganz und gar verschieden. Und der denkbar größte der Unterschiede war der zwischen dem Saal mit einem einzigen Angeklagten und jenem mit zwei, eher noch drei, mit mehreren und insbesonders »ungleichrangigen«, jedenfalls nicht am selben Platz Hand in Hand tätig gewordenen Angeklagten. Täusche ich mich, wenn diese Räume schon auf den ersten Blick mir entschieden heller erschienen als der stetig düstere, mehr Kammer als Saal vorstellende »Hauptsaal« Nr. 1 mit dem jeweiligen, alleinigen Angeklagten Nr. 1? (Vor Slobodan Milošević saßen da etwa so allein ein kroatischer General, dann ein serbischer General, dann ...) Jedenfalls ging es in den Sälen mit den Mehrzahl-Angeklagten, obwohl dort so konzentriert wie sachbezogen verhandelt wurde, Augenblick um Augenblick, ungleich ruhiger, selbstverständlicher und, vor allem, sachbezogener zu als in der zentralen Kammer. Wenn es sich darum handeln sollte, vom Kleinen Schritt für Schritt zum Größeren – vielleicht zum Nachweisen einer Befehlskette – zu gelangen, so war das aber keinmal zu spüren, wenigstens nicht als Vorsatz oder Hintergedanke der Ankläger oder der Richter.

Keine Theorie, kein Theorem, keine Vorwegnahme bestimmte diese Verfahren (zumindest während ich zuhörte). Klein-klein suchte das Gericht seinen Weg, »tastete sich« geradezu voran, fast wie in der Vorstellung von einer idealen Justiz. Und gerade solche kleinen Schritte, ohne behauptete Gewißheit von einer Grundstruktur (der Balkankriege), schufen Vertrauen. Kam auch von daher das Licht? Mag sein, daß dazu auch Äußerlichkeiten beitrugen: das Fehlen der Bildschirme mit den ständigen Großaufnahmen der Prozeßbeteiligten; kein rhetorisches Zelebrieren des »Rangs« des Alleinangeklagten (»Wie geht es Ihnen, mein General?«); kein Staffelwechsel zwischen Ankläger, Unter-Ankläger und Unter-Unter-Ankläger; kaum Journalisten als Zuschauer, und wenn, dann weniger massiert, unauffällig zwischen ein paar Zaungästen, Angehörigen und vielleicht einer Gruppe von Rechtsstudenten auf Exkursion beim Internationalen Tribunal wie in der Vorwoche beim Bezirksgericht in, sagen wir, Groningen oder Delft.

Allmählich habe ich umkreist, was ich hier vor mir selber klären wollte. Schon das Umkreisen war ein Klären; erschien mir nicht bloß als Weg zu den Tatsachen, sondern als deren von ihnen untrennbarer Teil (wenn ich, statt Jurist oder Journalist zu spielen, dem nachgehe, was meine Sache, ja mein Beruf ist). Ob sich freilich nicht mit den Jahren an der hier umkreisten und mehr skizzierten als beschriebenen Tribunal-Struktur etwas geändert hat? Ob jener Vorsitzende Richter dort, würde er heute noch amtieren, sein Richten immer noch in der Parallele mit dem Malen des Vermeer van Delft sähe, in welche er sich in der Anfangszeit des Haager Tribunals von dem Reporter des *New Yorker* offenbar ganz überzeugt setzen ließ: einst, mitten im kriegerischen 17. Jahrhundert, die Camera obscura des Künstlers und jetzt, als Parallelaktion, die Camera obscura – in der Tat hat ja der Hauptverhandlungssaal, obwohl im ersten Stock, stark etwas von einem Souterrain – des Richters, und beide, der Maler mit seinem Himmel über Delft ebenso wie der Richter mit den Strafsprüchen zum fernen Balkan, arbeiten sozusagen überzeitlich am Frieden? Ob die obersten Richter und Ankläger am Jugoslawien-Tribunal immer noch so selbstbewußt den Hauptantrieb ihres Wirkens am Ort weniger im Befolgen eines geltenden Rechts sehen als vielmehr im Geltendmachen von moralischen, humanitären und ästhetischen Kategorien, aus denen sie ein neues Recht ableiten, Gesetzgeber und Richter in einer Person? (Aber vielleicht wäre jener Richter schon damals in Hinsicht seiner Rolle bedenklicher geworden, wäre seine doch ziemlich unerhörte Berufsauffassung nicht, wie in unserer Epoche fast üblich und in der Tragödie Jugoslawiens geradezu eklatant und sämtliche Weichen stellend, in Symbiose mit einem ebenso neuen, unerhörten, wild suggerierenden Journalismus bestärkt oder überhaupt erst geschaffen, sondern konfrontiert worden mit grundanderen Gesprächspartnern, Leuten etwa, die leibhaftig, ohne Amts- und Machtanmaßung, moralisch und/oder humanitär handeln, mit Leuten, die in der Tat, nicht metaphorisch, mit den Mitteln der Ästhetik die Verhältnisse oder die Gegebenheiten ans Licht zu bringen trachten? Konfrontiert mit Vermeer van Delft in Person: wäre jener Richter dazu gestanden, in seinem Urteile-Sprechen mit dem – stimmt schon – Friedensmaler parallel zu handeln?) Ob die Stiegenhäuser und Aufgänge zu den internationalen Gerichtssälen immer noch prangen von den Dutzenden der gewaltig vergrößerten, gerahmten Farbglanzporträts der sämtlichen tätig gewesenen Richterschaft, die Farben und das Licht auf den afrikanischen, asiatischen, europäischen, amerikanischen Gesichtern so stark, daß sie gemalt wirken, die Galerie einer mächtigen, von niemand und nichts abhängigen Gilde, wie sie sich wohl in keinem andern Gericht der Welt derart präsentiert?

Vielleicht sind solche Selbstfeiern und metaphorischen Selbstbegründungen inzwischen verschwunden. Doch anderes hat deren Stellen eingenommen, jedenfalls in den sogenannten Hauptprozessen, in denen es um eine generelle Schuldzuweisung, gegen den je einzelnen Angeklagten, geht, ohne dessen persönliches Tätlichwerden und ohne dessen Präsenz an den Tatorten oder auch nur in deren Nähe. Im Prozeß gegen Milošević etwa vermeidet das Tribunal jedes moralische oder gar ästhetische Vokabular (in der Anklagevorlesung war das noch ganz anders). Es beschränkt sich, was wohl für das Hervorkehren der Tatbestände allein fruchtbar ist, auf eine rein rechtliche Terminologie. Zumindest hat diese solchen Anschein. Nur fußt gerade die am schwersten wiegende, die Hauptanklage gegen den früheren serbischen und dann »rest«-jugoslawischen Präsidenten – die des Völkermords jenseits der Donau in Kroatien (s. die Massaker von Vukovar) und, vor allem, jenseits der Drina in Bosnien (s. die Massaker an den muslimischen Soldaten von Srebrenica) – auf der juristischen Konstruktion einer »joint criminal enterprise«, eines die Grenzen der einzelnen Republiken überschreitenden verbrecherischen Unternehmens, dessen Chef S. Milošević gewesen sei: indem er es auf ein »Großserbien« abgesehen habe, auch ohne besondere Befehlsausgabe, ja sogar auch ohne seine Mitwisserschaft an den Massakern jenseits der serbischen Grenzen, treffe ihn die oberste Verantwortung für den Genozid von Srebrenica 1995. Und das ist inzwischen, obwohl das Urteil längst nicht offiziell gesprochen ist, nicht bloß der Vorwurf des Haager Anklagebüros, sondern auch die erklärte Meinung der Richter – zumindest der zwei, die den dritten, andersdenkenden, in ihrer Ablehnung des Antrags der *amici curiae*, die Anklage wegen Völkermords gegen M. wegen im Prozeß klargewordenen Mangels an Beweisen vorzeitig fallenzulassen, überstimmt haben, und zwar mit der Begründung, es sei »außer jedem Zweifel«, daß sich der Angeklagte wegen dieses kapitalsten aller Kapitalverbrechen zu verantworten habe, denn es sei erwiesen, daß er, siehe »joint criminal enterprise« und »Großserbien«, die Massakrierer jenseits der Drina »unter seiner Kontrolle« gehabt habe.

Wenn diese Konstruktion, oder Fiktion (»Fiktion« ist nicht notwendig »unwahr«), nicht eine Vorverurteilung durch das Hohe Gericht (und eben nicht mehr bloß durch die kriegführenden NATO-Staatsleute und die Medien) ist, und zwar noch bevor die Zeugen der Verteidigung auftreten konnten, dann sieht sie doch aber einer Vorverurteilung nicht wenig ähnlich. Mit der Zulassung und Übernahme der Formel von einer »Kriminellen Vereinigung«: ist dieses (und ich spreche nur von dem speziellen Saal-eins-Tribunal) Gericht nicht spätestens damit Partei geworden wie die Anklage? Und, als Partei-Entschuldigung für eine andere Formel – etwas noch ungleich Skandalöseres als bloß die »Farce eines Gerichts«: die Absurdität der Institution »Rechtspflege«, die Sinnverkehrung des »Gerichtswesens«, und zwar in dessen innerstem Kern? So viele Vorentscheidungen hat diese internationale Strafkammer getroffen, daß ein diesen zuwiderlaufendes Endurteil kaum mehr denkbar ist. (Oder doch?) Jedenfalls hat sogar jener unabhängige *amicus curiae*, der englische Jurist Stephen Kay, welcher ganz und gar nicht als »Freund« des Angeklagten agierte, im Prozeßprotokoll festhalten lassen, es bestehe »eine fundamentale Schwäche (*flaw*)« in den Vorgangsweisen des Tribunals.

Einer der gar spärlichen europäischen Journalisten, die zu »Milošević« nicht reflexhaft »Massenmörder«, »Schlächter vom Balkan«, »Anzettler von vier Kriegen«, »..., Pinochet, Saddam, Hitler« oder auch nur »serbischer Diktator« eintippen, der langjährige Balkankorrespondent (nicht »-experte«) des Pariser *Figaro*, einer, wie sagt man, »unverdächtigen« Zeitung, hat den Gefangenen etwa zur gleichen Zeit wie ich in Scheveningen besucht. In seinem ausführlichen Bericht nennt er das entschwundene Milošević-Regime in Belgrad, wie auch stets in seinen früheren *Figaro*-Artikeln, »semi-autoritär«: die Presse sei im großen und ganzen frei gewesen, oppositionell nach Belieben; das Fernsehen dagegen gelenkt von staatlicher Hand.

Die Reportage aus dem Gefängnisbüro, in dem Milošević seine Verteidigung vorbereitet, ist äußerst kritisch, aber kaum tendenziös – verglichen zumindest mit der meisten sonstigen Schreibe, wo allein schon der Ton gleich die Tendenz verrät, außer vielleicht im ersten Absatz, in dem er das stille, schönsaubere, gutorganisierte, zivilisierte, meer-nahe Scheveningen mit dem chaotischen, von Panzern und Demonstrationen bestimmten Belgrad der Milošević-Jahre vergleicht. Er gesteht dem Untersuchungshäftling sogar ein »mächtiges« (*puissant*) Argument für dessen Bestreiten der Teilnahme Serbiens am Srebrenica-Genozid zu: 250 Muslime seien nach dem Fall von S. über die Drina ostwärts nach Serbien geflohen und hätten sich so gerettet. »Die Polizei von Milošević hat sie festgenommen, um (sic) sie dann dem Internationalen Rote-Kreuz-Komitee anzuvertrauen, das ihnen ein Asyl in den westlichen Ländern ... besorgte«: dieses Argument, so der Journalist, sei nicht nur »mächtig«, es sei »wahr« (*vrai*). (Andere Journalisten hätten in solcher Notaufnahme der flüchtigen, eigentlich doch feindlichen Soldaten vielleicht die besondere List und Hinterlist des Kriegsverbrechers erkannt, der damit von seinem Hauptdelikt ablenken wollte.)

Freilich gilt der Großteil des *Figaro*-Artikels der Ignoranz und der Welt- bzw. Realitätsferne des Slobodan Milošević. Wenn er den Prozeß gegen sich für einen rein »politischen« halte und seine Richter Hand in Hand sehe mit den westlichen Regierungen, die sich auf seinen Untergang verschworen hätten, dann verrate er eine »profunde Ignoranz« vom Wesen der heutigen westlichen Staaten. Ob Milošević deswegen nicht an die »Realität der Gewaltentrennung« glaube, weil er diese bei sich selber nicht angewendet habe? Die drei Richter, die das Urteil über ihn sprächen, seien doch bewährte Juristen, »am Ende ihrer Karriere«, und für sie »bedeutet dieser Prozeß die Apotheose ihres Berufslebens«. Kaum einzusehen, warum diese drei Männer auch nur den geringsten Druck von gleichwelcher Exekutive akzeptieren sollten. Nicht einzusehen, warum diese drei Männer nicht nach ihrem Gewissen urteilen sollten, einzig auf der Basis der während des Prozesses erbrachten Beweise. Indem der Häftling das nicht sähe, beweise er sein Unwissen der politischen und juristischen Gebräuche im Okzident und seine Herkunft aus einer »kommunistischen Partei«.

Es nützt Milošević nichts, wenn er Politik und Justiz schon verquickt sieht in seiner »Satanisierung« durch die Medien und die Weststaaten noch während seines Regimes: »Warum sollte das in dem Prozeß jetzt aufhören? Glauben Sie, es war ein Zufall, daß meine Anklage [am Tribunal] beschlossen wurde, während die NATO-Flugzeuge mein Land bombardierten [am 26. Mai 1999, nach mehr als 2 Monaten Raketenkrieg]?«: Der Journalist ist von der Legalität und Integrität des Tribunals überzeugt: »Ein Schuldiger, der dies entschlossen leugnet? Oder ein Unschuldiger, zu Unrecht verteufelt von den westlichen Medien …? Am Tribunal allein liegt es ab jetzt, diese Frage zu beantworten.« Die drei Richter werden nach »Wissen und Gewissen« entscheiden, frei wie nur Richter in den westlichen Demokratien, von deren Prinzipien Slobodan (»Der Freie«) Milošević, trotz seines »fast perfekten Englisch« oder, nach den Worten eines anderen, anglokanadischen Besuchsjournalisten, trotz seines »exzellenten Englisch mit einem leichten Akzent«, offenbar keine Ahnung hat.

Die Entscheidung des Richter-Triumvirats, in vielleicht eineinhalb Jahren, wird demnach fallen frei und unabhängig, ohne Einmischung irgendwelcher Kräfte und Mächte in die Rechtsprechungsgewalt. Nur kann man aber anführen, daß diese Gewalt dem Jugoslawien-Tribunal von dessen Anfang an übertragen ist von eben jenen Kräften und Mächten, welche in den Kriegen und vor allem in dem letzten der Kriege, dem NATO-Bombardement 1999 gegen die »Bundesrepublik Jugoslawien« (Serbien und Montenegro), dem harmlos »Kosovo-Konflikt« genannten, harmlos gesprochen, Partei waren; und daß folglich auch das Tribunal, besoldet von einer der Kriegsparteien – und »parallelen« Parteiungen – selber von Anfang an, von Grund auf, schon in seinem Ursprung Partei ist. Der oft vorgebrachte Vorwurf, das Internationale Strafgericht da sei oder verhalte sich »parteiisch«, träfe so gar nicht zu: Es wäre von vorneherein, als Gründung, Initiative und (finanzielle) Stiftung, bereits Partei und brauche sich in seinem Tun und Weitertun erst gar nicht akzentuiert parteiisch zu gebärden, könne das Unparteiische seiner einzelnen Prozeßverläufe sogar noch in ein besonderes Rampenlicht rücken. Trotzdem ließe sich solche Grundwillkür übersehen – siehe das immer wieder durchaus Nützliche, Augenöffnende und, warum nicht, wirklich Friedensstiftende mancher der sich mit den balkanischen Lokal- und vor allem den

Regionalverantwortlichen befassenden Prozesse, sähe das Tribunal sich auch zuständig für das der Gegenpartei Angetane –, gäbe es die Möglichkeit von Prozessen z. B. gegen den NATO-Bombenkrieg. Nur erklären sich dafür sämtliche Gerichte der Welt – siehe wieder die Opfer der Brücke von Varvarin – eben unzuständig, die lokalen wie die nationalen, die internationalen wie die universellen. (Jener amerikanische General Wesley Clark, der den Tötungsbefehl gegen seinen Kriegsgegner S. M. gab – Nachtbomben auf dessen Wohnsitz – und überdies etwa tausend zivile Tote, weit mehr als militärische, zu verantworten hat [hätte], trat im folgenden Prozeß als Zeuge der Anklage auf.)

Bei dem »Wissen und Gewissen«, gemäß welchem die Haager Richterschaft, so der französische Journalist, über Milošević urteilen werde, kam mir eine Rechtsfigur in den Sinn, welche wohl nur im französischen Prozeßrecht gilt (und sicher nicht in dem angelsächsischen von Den Haag): die sogenannte »intime conviction«, die innere Überzeugung, mit der Betonung auf »intime«, *innen*. Diese innere Überzeugung kann, wenn die äußeren Beweise fehlen oder jedenfalls nicht lückenlos sind, in einem Prozeß letztlich den Ausschlag geben. Schon der Untersuchungsrichter – auch er im Haager Recht ohne Platz, diesen behaupten die Ankläger – kann so nach seiner »inneren Überzeugung« entscheiden: Anklage erheben oder nicht. Ich freilich dachte eher an die Schwurgerichte in Frankreich, wo die Geschworenen, jenseits der Beweise, die »intime conviction« als den Entscheidungsgrund für Schuld- oder Freispruch des Angeklagten anführen können, und wo überdies gegen solch *Innere Überzeugung* keine Berufung, weder durch den Angeklagten noch durch den Procureur, den »Staatsanwalt« – überhaupt kein Rechtsmittel mehr statthaft ist.

Und hier, abgesehen davon, daß im Jugoslawien-Tribunal, leider?, keine Geschworenen, keine Laienrichter entscheiden, und auch abgesehen davon, daß »Schuldig oder Unschuldig« nicht meine Sache ist, meine »intime conviction« zu diesem, speziellen, Prozeß gegen Slobodan Milošević: Ich bin zuinnerst überzeugt, daß das Welt-Tribunal, wie es da tagt (und tagt) im Saal 1 der einstigen Haager Wirtschaftskammer, nichts taugt – daß es, so viel es auch formal Recht sprechen mag, von Anfang, Grund und Ursprung falsch ist und falsch bleibt und das Falsche tut und das Falsche getan haben wird – daß es (es speziell) zur Wahrheitsfindung kein Jota beiträgt – daß es der nicht bloß edlen, sondern, zum Unterschied zu anderen Ideen, unvergänglichen Idee des Rechts, den, bei aller so betonten äußerlichen Würde, scheußlichsten Hohn spricht: also das falsche Gericht.

Denn: Gericht muß wohl sein, im Fall Milošević ebenso wie ungleich dringlicher und da auch, so oder so, endliche Aufklärung versprechend!, in den Fällen des Radovan Karadžić und Ratko Mladić, und, auf der anderen Seite, etwa der muslimischen Mudschaheddin (= »Kämpfer«, im neuen arab. Wörterbuch auch: »Freiheitskämpfer«), von denen meines Wissens bis heute keiner sich zu verantworten hatte. Gericht: ja – aber nicht dieses. Verfahren: ja – aber nicht auf solcher Grundlage. (Gutes Zeichen immerhin, daß mehr und mehr der Jugoslawienprozesse in die Gerichtshoheit der eigenen Länder zurückgehen, samt den dort geltenden Prozeßordnungen? Oder werden die Angeklagten in Belgrad, Zagreb und Sarajewo weiter nach Tribunalbrauch gerichtet?)

Wäre ich so frech und zugleich unverdächtig (»integer«)

wie der englische Dramatiker Harold Pinter, der den in seinen Augen Schuldigen am Krieg gegen Jugoslawien, den *statesmen* Blair, Clinton etc. und, ich glaube, auch dem Oberkommandierer Clark schriftlich schöngereimte »Tritte in den Arsch« zukommen ließ, wäre ich so abgehoben wie der Angelsachse auf seiner Insel, schlösse ich mich ihm an mit einer, meiner Parallelaktion. So aber wünsche ich den drei Ehrenwerten Richtern im Saal 1 nur, ihre das Juristenleben krönenden Apotheosen woanders zu suchen, dem einen, am Fuß des Blauen Bergs von Jamaica, dem zweiten, am Tempeltor des Himmlischen Friedens in Südkorea, und dem dritten, der als Einspringer für den einen Hingeschiedenen binnen zwei Wochen die fast vierzigtausend Prozeßaktseiten sich einverleibt und gleich kräftigst mitentschieden hat, zu Hause bei den Irrlichtern über seinem schottischen Hochmoor. (Und den Anklägern von NATO-Gnaden? – wünsche ich ein ewiges ambulantes Anklagen quer durch die ganze Welt – nur ohne Bezahlung und vor allem nicht als Teil eines Gerichts.)

Ja, meine »innere Überzeugung« geht sogar so weit, daß ich Slobodan Milošević nicht nur vor dem falschen Gericht sehe, sondern ihn auch – zwar ganz und gar nicht für »unschuldig« halte (das, wie gesagt, ist nicht meine Sache), aber für »nicht schuldig im Sinne der Anklage«, und genauso im Sinn der Organisation des Prozesses, dessen Gebaren wie dessen Führung durch die Richter. Ein kleinwinziges und meinethalben lachhaftes Detail gleich am Anfang des Verfahrens ist es gewesen, das mich auf der Stelle überzeugt hat. Ich sah, ja, sah, daß es für das Ganze stand. Auch der Historiker Jacques LeGoff weist, etwa in seiner versuchten Lebensbeschreibung Ludwigs des Neunten, auf solch eine Einzelheit hin, die ihn, den auf die gar lückenhaften Quellen aus dem 13. Jahrhundert Angewiesenen, nach Anschauung und bezeichnendem Bild Hungernden, seine Figur blitzhaft habe sehen lassen. Das kam, im Bericht eines zeitgenössischen Chronisten (Joinville), allein von dessen Aufzählung der Garderoben bei einem der königlichen Feste. Zwar zeigte sich der junge König da mindestens ebenso reich gekleidet wie die Barone, Grafen und Prinzen mit ihm an der Tafel, in »einer Tunika aus blauem Satin … und einem scharlachroten, hermelingefütterten Mantel und« – der Chronist setzt kein Aber – »auf dem Kopf einen Baumwollhut, der ihm nicht stand, denn der König war noch ein junger Mann …« Und an diesem »détail significatif« erschaut LeGoff, der heutige Historiker, wie er selbst kommentiert, mehr als nur das Äußere seines Protagonisten, an Hand des lebendigen Materials – »des Frischfleisches« im Wortlaut – der Historie, das ihm so oft fehlt.

Was Jacques LeGoff da im bezeichnenden Detail aus der Tiefe der Zeiten hat aufblitzen sehen, kam bei dem mir jäh einleuchtenden gleichsam aus dem Düster der Räume, der nahen und doch sehr fernen balkanischen, der oft so unverständlichen, unüberschaubaren, auf die im großen und ganzen doch klaren heutigen Raum- und Regionalverhältnisse in »unserem« Europa in kaum einem Sinn zu übertragenden. Oder, um den Vergleich mit der zeitenfernen Historie nicht überzubemühen, ein entsprechendes Detail von jetzt: Jemand war im letzten Sommer in den USA und erzählte mir von dem Präsidentenwahlkampf dort. An einem Tag zeigte FOX-TV, der Kanal, der für den amtierenden Präsidenten warb, von früh bis spät eine Montage, fast in einer Schleife, mit beiden Bewerbern dokumentiert als Baseball-Werfer: George W. Bush schleuderte den Ball mit aller geballten Manneskraft, sein Herausforderer John Kerry dagegen schwächlich wie eine alte

Jungfer, so daß der Ball lang vor dem Pitcher zu Boden plumpste – und allein daran wurde dem zugereisten Fernsehzuschauer, lange vor dem Wahltag, klar: Dieser John Kerry würde nie und nimmer Präsident der Vereinigten Staaten sein.

Und »mein« Detail? Auf den Vorwurf der Anklage, den Morden und Vertreibungen an der muslimischen Bevölkerung (in den von mit ansässigen Serben beherrschten fernen bosnischen Schluchten und Bergen der »Republika Srpska«) aus Belgrad wenn schon nicht Vorschub geleistet, so doch keinen Einhalt geboten zu haben durch strikte Präsidentialbefehle aus Serbisch-Serbien, antwortete Milošević in einer ersten Stellungnahme, die auch auf die übrigen Anklagegepunkte einging, nur ganz kurz, mit einem einzigen Satz, ungefähr so: Wer meine, ein bosnoserbischer Gebietsoberer, oder auch nur – an den Ausdruck erinnere ich mich wörtlich – »ein serbisch-bosnischer Gendarm«, werde sich von ihm, M., »etwas befehlen lassen«, der habe keine Ahnung von einem Gendarm jenseits der Drina in Bosnien.

Aber nicht bloß der Wortlaut ist es, der mir bleibend nachgeht, sondern, zeichenhafter noch, der Ton: Er hatte so gar nichts von einer Zurückweisung der Anklage, andrerseits auch nichts Abtuendes, Amüsiertes. Nichts von dem oft zornigen Nachdruck, mit dem die sonstigen Anklagepunkte konterkariert wurden: statt dessen ein von einem angedeuteten Kopfschütteln begleitetes wie trauriges Staunen über solches Insinuieren oder zumindest Nichtwissen, was die lokalen balkanischen Machtverhältnisse oder -vakuen angeht. (Aber natürlich reicht so ein Detail nicht für eine Zeugenaussage vor einem Tribunal. Und natürlich wird fast jeder sagen, solch ein Ton des Staunens, samt Wortlaut, könne nur ein gespielter sein. Man halte es damit, wie man wolle. Und was dieses Detail soll? Genau dieses Detail sein. Gegen die »joint criminal enterprise« hat es so oder so keine Chance.)

Am Ende meines Besuchs im Gefängnis Scheveningen bekam ich von Slobodan Milošević eine Art Faltblatt des Tribunals zur Unterschrift, wonach ich mich verpflichtete, nichts verlauten zu lassen von seinen Haftbedingungen, und ebenso nichts von seinem Gesundheitszustand, seiner geistigen Verfassung oder seiner äußeren Erscheinung. Ich wurde durch die Gänge, wo ich ohnedies bald den Überblick oder den geographischen Sinn verlor, und von Sperrtür zu Sperrtür, die ich mit der Zeit zu zählen aufhörte, geführt von einem einheimischen holländischen Gefängnisbeamten und begleitet von einem der 3 Belgrader Rechtsberater. Dieser war schon so oft bei M. zu Besuch gewesen, daß er die Zahl der Türen längst auswendig wußte (eine zweistellige). Die Hauptschwelle auf dem langen Weg war jene, wo das Nationale Königliche Gefängnis überging in das internationale, ein bunkerniedriger Zwischenraum mit den mächtigen Insignien der Vereinten Nationen und einem entsprechend uniformierten, nur noch englischsprechenden Personal (ob ich damit etwas verrate?). Hier mußte der Anwalt, mit dem Frühflugzeug aus Belgrad gekommen und gleich zum Gefängnis gefahren, seine mitgebrachten DVDs abgeben: neuere amerikanische Filme, die er sich am Abend zur Entspannung in seinem kleinen Haager Wohn-Büro anschauen wollte.

Nach so vielen Türen, Gittern und dunklen, verwinkelten Korridoren war es dann eine Überraschung, mir nichts, dir nichts vor dem ehemaligen jugoslawischen Präsidenten zu stehen. Der Trakt war unversehens hell und hatte, vielleicht auch unter dem Eindruck der gerade auf Schritt und

Tritt zu überwindenden Sperren, den Anschein von Weiträumigkeit und fast von Freizügigkeit; wirkte zumindest in sich offen. Das Personal, die Gefangenen und deren Besucher kreuzten sich in den Fluren wie zwanglos, bei überall offenstehenden Türen zu allesamt mit Fenstern versehenen Büros (die Zellen mußten woanders sein, gleich um die Ecke oder sonstwo, ohne daß aber ihre Nähe spürbar war). Slobodan Milošević empfing seinen Rechtsberater und mich vor dem – ebenfalls offenen, ebenfalls durch ein Fenster reichlich Tageslicht empfangenden – Büro, welches ihm für die Zeit des Prozesses überlassen ist zum Erarbeiten seiner Verteidigung. Ein Telephon, das zugleich als Fax dient, und ein Computer, »ohne Internetanschluß«: diese Einzelheit übernehme ich vom Journalisten des *Figaro*. Und von dem kanadischen Journalisten übernehme ich ein, zwei Einzelheiten zur Kleidung: »ein kariertes Hemd, am Kragen geschlossen, eine weite Hose« – auch wenn Milošević an meinem Besuchstag ein wenig andere Sachen trug (auf keinen Fall freilich einen Trainingsanzug oder dergleichen).

Der Kanadier, im Gegensatz zu dem französischen Journalisten, war nicht gekommen »für ein Interview«, sondern eher, als ein erfahrener Balkankriegsreporter, »seine [M.'s] Fragen zu beantworten«. Und ich? Erst am Ende der mehr als drei Stunden brachte ich vor, ich wüßte nicht recht, wie ich vor dem Gericht als ein Zeuge dienlich sein könnte. All die Zeit sprach fast nur Slobodan Milošević, mit beinah der Energie, und Geistesgegenwart, die mir als Zuhörer bei seinem Prozeß vertraut war, mit einem Zusatz vielleicht einer gewissen Ruhe, hier in dem Büro nichts widerlegen und niemandem etwas beweisen zu müssen, trotzdem aber mit so weit ausholenden Argumenten und Hintergrundbezügen, als spräche er zu mir und zugleich zu seinen a priori unwissenden und verständnislosen Richtern. Wie Milošević sich gab (ich, sein Gegenüber, hätte dabei auch gleichwelcher anderer sein können), das war weder privat noch öffentlich, vielmehr eine Kombination, nein, eine Einheit von beidem, so selbstverständlich, geradezu naturgewachsen, wie ich sie noch bei keinem Politiker erlebt habe.

Den ganzen Vormittag lang erörterte er vor mir jene zwei Ereignisse, die dann, als ab 1991 die Sezessionskriege in Jugoslawien losbrachen, im nachhinein so gedeutet wurden, Milošević habe diese da, als Redner, als Protagonist heraufbeschworen, angezettelt, angezündelt. (Zwischendurch wünschte ich, es käme auch einmal auf anderes, Nebensächliches, ja Nichtiges die Rede, und flüchtete mich, mitten im konzentrierten Zuhören, immer wieder in die Betrachtung des einzelnen, in der Tat sehr einzelnen Grashalms, wie er am Fuß der Mauer dicht hinter dem Bürofenster kaum schwankte, während rund um das Gefängnis doch ein wüster Nordseesturm herrschte, und dachte dabei an die Journalistin von *Libération*, die meine Geschichte *Rund um das Große Tribunal* – worin ich die Demagogie ihrer, und nicht bloß ihrer, Zeitung beklagt hatte – als unprofessionell zurückwies, weil ich darin auch die Krokusse von Scheveningen hatte vorkommen lassen, ein Detail, wie es auf den Journalistenschulen gleich dem Anfänger ausgetrieben werde. – Andrerseits war auch der Satz des Artikelschreibers vom *Figaro* zu verstehen: das Fenster sei »ohne Aussicht«, *sans vue*.)

Das erste dieser nach der dann herrschenden Meinung kriegshetzerischen Ereignisse war jenes Auftreten Milošević' 1987 bei einer Versammlung der serbischen Minderheit in Kosovo, wo er, der serbische und so (damals) auch kosovarische Präsident, als es vor den Saaltüren zu einer handgreiflichen Auseinandersetzung kam zwischen den hauptsächlich albanischen Polizeikräften und den in den überfüllten Saal drängenden Serben, ins Freie trat und, an seine Landsleute gerichtet, die fluchwürdig nationalistischen, drachengeflügelten Worte sprach: »Niemand soll euch mehr schlagen!«

Und das andere, angeblich noch stärker die Weichen (?) für die Kriege stellende Ereignis? Die Rede von Slobodan Milošević zwei Jahre später auf dem Kosovo Polje, dem Amselfeld, am 28. Juni 1989, dem Vidovdan, dem Veitstag, zur 600-Jahr-Feier der legendären Schlacht zwischen Türken und mittelalterlichem Serbenzarenreich, vor mehr als einer Million da aus aller Welt, samt Diaspora, angereisten Serben, mit dem bis heute – damals freilich noch nicht so verstandenen – immer wieder in West und West schlagendsten der Beweise für die Kriegsschuld des Angeklagten als dem Kern- und Sprengsatz jener Gedenkrede zur Amselfeldschlacht: »Heute stehen uns andere Kämpfe bevor.«

Nicht etwa, daß Milošević sich für diese zwei Sätze vor mir, dem Gefangenenbesucher, dem Fremden – allzu stark sah ich mich für Momente in dieser gar engen Rolle –, verteidigen wollte. Doch sprach er all die Stunden fast nur von den beiden Situationen. Insbesondere wies er wen? mich? auf den Unterschied hin zwischen den damaligen, aktuellen Kommentaren zu seiner Amselfeldrede in der West- oder Weltpresse und den um Jahre späteren, zur Zeit der Abtrennungskriege. Hoben die unmittelbaren Reaktionen – er zitierte im einzelnen die englische Presse – noch das Mäßigende und den Kosovo-Albanern die Hand Darbietende der Ansprache hervor (spärlicher Applaus bei der Zuhörer-Million), so wurden nach Ausbruch der Kriege

1991, vor allem 1992 in Bosnien, die »anderen Kämpfe« – obwohl ohne ein mögliches Mißverständnis damit eben gerade eindeutig Abstand genommen wurde von Schlachten, Waffen, Kriegen (keine Gewalt-Kämpfe mehr) – von oft denselben Medien umgedeutet in das, was in der Wirrnis und dem Chaos der Metzeleien als Ursache und Ursprung all des Bösen verkauft werden konnte? Und die Welt – oder was sich halt selber, seit wann wohl? in einem fort so nennt – wurde gläubiger Kunde (Kundenglaube, seltsame neue Glaubensart), und als der Hohe Repräsentant der Kundenwelt, als der Oberste Kunde, reagierte so prompt wie vorhersehbar das Große Tribunal? Siehe, einmal noch, die »Kriminelle Vereinigung«?

Nur: Wen wollte Slobodan Milošević mit seinen Ausführungen da überzeugen? Warum solch ein Aufwand, mit seitenlangen Zitaten, aus dem *Independent*, der *Times*, der eigenen Rede, gerade vor jemandem wie mir, der den Wortlaut doch kannte und nicht besonders aufgeklärt zu werden brauchte? Für Augenblicke schien mir schon damals, ich, der Besucher, sei für ihn etwas wie ein Trainingspartner. Und jetzt, mehr als ein halbes Jahr später, frage ich mich, wie dagegen »im Ernstfall« seine Richter, welche nichts als das Anklagesystem von Anstiftung und Ausführung beurteilen, solchen historischen Diskursen – schon bei der »Zeitnot« des Gerichts – zuhören werden, und ob sie davon überhaupt grundsätzlich überzeugbar sind? Und in der Folge frage ich mich jetzt, ob Slobodan Milošević mir Unbekanntem nicht gerade deswegen seine Positionen und Wörtlichkeiten so ausführlich und mit der Zeit geradezu feurig vor Augen stellte, weil er später, vor Gericht, nicht mehr dazu käme – so oder so dazu nicht mehr in der Lage wäre –, weil er damit so oder so bei den ihm (und seinem Jugoslawien, s. das Photo, wo er bei der letzten »Abstimmung« über dessen Auseinanderfallen groß das Schild PROTIV, Gegen! ins Bild hält) als Rechtsprecher Vorgesetzten nicht einmal etwas wie ein leichtes Stutzen bewirkte, geschweige denn ein Gehör oder gar ein Recht fände?

Wie auch immer: Nachher draußen im Freien staunte ich erst einmal bloß, daß der Gefangene trotz der gut drei Stunden Redens, Auseinanderlegens, Quellennachschlagens usw., fast alleinsprechend – auch sein flugmüder Rechtsbeistand schwieg –, dann so gar nicht verausgabt gewirkt hatte. (Auch die erwähnten zwei anderen Besucher, beide noch weit länger in seinem »Büro«, haben das festgehalten.) Ich, der, im Gegensatz zu dem »schwer Kreislaufkranken«, halbwegs »Gesunde«, der doch fast nur zugehört hatte, fühlte mich andrerseits geradezu erschöpft. Und ihm haben dann seine Richter sein Recht, sich selbst zu vertreten, weil er »zu krank« dafür sei, entzogen? Und inzwischen – ja, ich habe in diesem Fall ein paar, wenige Überzeugungen – bin ich überzeugt, daß nicht das Reden, vielmehr gerade umgekehrt das Redeverbot, der Entzug des Rechts, in der eigenen Sache Rede und Antwort zu stehen, den Angeklagten da, diesen besonderen, krank macht oder jedenfalls sein Kranksein – von dem an jenem Vormittag nichts zu bemerken war, weder Stimmschwanken, noch Handzittern, noch Gesichtsröte – verschärft; daß der Entzug der Selbstverteidigung, auch wenn inzwischen rückgängig gemacht, die das entschieden habenden Richter, die ja in demselben Fall immer noch weiterrichten, endgültig disqualifiziert hat. (Der Wahrheit oder sonst etwas wegen sei nachgetragen, daß Milošević während der drei Stunden zwei oder drei Zigaretten rauchte, den von ihm selbst zubereiteten Kaffee aber nur seinen beiden Besuchern einschenkte.)

Keine Überzeugung, sondern bloß so eine »Idee« ist es, daß ein derart intensives, dabei parlandohaft-anstrengungsloses Sprechen, Erörtern, ohne Abschweifung beim Thema Bleiben etwas (nicht alles) mit der Spezifität der Südslawen zu tun haben könnte, die so lange Jahrhunderte unter Fremdherrschaften lebten (türkischen, österreichischen) und deren Ohnmacht des Handelns eine besondere Art des Redens hervorbrachte, vielleicht doch weniger trotzig als eigensinnig, ein besonderes, eben balkanisches Mit- und Ineinander von Bodenständig und Abgehoben, Sachbezogen und Hintersinnig (ohne extra Hintergedanken), nicht zu verwechseln jedenfalls mit irgendeinem südlichen Palavern. Daß ich dabei kaum zu Wort kam, war mir nur recht. Trotzdem hätte ich ab und zu gern etwas gefragt – nicht etwa zum Problem, sondern zu etwas ganz und gar anderem, vor allem Unproblematischem – etwas was mit dem Fall oder Prozeß nichts zu schaffen hätte. Es drängte mich zwischendurch sogar, Milošević nach Nebensächlichem, ja Nichtigem zu fragen; ihn von seinen Themen abzulenken. Aber er umkreiste bis zum Schluß seine Anfangssujets; war weder aus seinem immergleichen Tonfall noch Rhythmus zu bringen, nicht durch eine Frage nach seiner Zigarettenmarke, nicht durch eine Frage, ob ihm die Flüsse Save oder Morawa fehlten.

Erst beim Abschied, zu dem er mich wie ein Büroherr hinaus in den Flur begleitete, als ich seine Heimatstadt, das ostserbische Požarevac und meinen Besuch in dem Museum dort erwähnte, sowie die Gaststätte namens »Kum« (= Pate) an der Straße zur Donau und hinüber nach Rumänien, kam so etwas wie eine Reaktion, beim »Kum« ein leichtes, vielleicht auch ironisches Lächeln, und beim »Museum« ein Aufblitzen, vielleicht von Heimatstolz oder auch bloß kraft der Erinnerung wegen der »schönen

Römerzeitfunde« dort. Vorher dagegen, zum Ende der drei Stunden, noch im Büro, schien es Milošević fast zu irritieren oder zumindest zu befremden, als ich Besucher ihn eine »tragische Person« nannte; es war, als halte er sich für davon nicht gemeint, insbesondere nicht von dem Ausdruck, welcher offenbar seinem Denken wie Reden widersprach. Auch ich habe bei mir selber das Wort auf der Stelle bedauert. Es war mir eher nur so herausgerutscht, aus einer Art Verlegenheit, nach all seinen Ausführungen.

Und trotzdem – wäre mir nicht das Unverständnis begegnet – hätte ich mich gern näher erklärt, etwa so: daß auf dem Balkan Anfang der neunziger Jahre eine Höllenmaschine in Gang kam, welche von innen her, von den einzelnen Republiken, Regionen, Tälern und Schluchten, nicht zu stoppen war, von keiner Macht, von keiner Person, von keiner Einzelperson – wohl aber, bevor sie in Gang kam, zu steuern gewesen wäre von außen her, und nur von außen – und von dort wohl auch gesteuert wurde, aber genau in dem Höllensinn – und dann, als die Maschine im Gang war, weiter und stärker außengesteuert wurde, einseitig, Partei ergreifend, und so nun auf vollem Höllenkurs, im besten (besten) Fall höllisch ahnungslos – und, im besten Fall ahnungslos (vielleicht dem Tribunal zugute zu halten?), immer noch weitergesteuert wird, denn »immerhin ist jetzt Frieden auf dem Balkan« – Frieden so? – und daß diese im Innern in Gang gesetzte und von außen gesteuerte Höllenmaschine innen wie außen nur Schuldige hervorbringen konnte, im Innern freilich, ganz anders als außerhalb, auch den einen oder anderen (nicht alle! nicht viele!) tragischen Schuldigen, dem Schuldigwerden so oder so nicht Entrinnenden – tragische Figuren, welche mit etwas wie »Tragik« von Natur und Statur aus nichts zu tun haben, für Protagonisten einer Tragödie von Grund und

Geschichte her nicht geeignet sind – Tragödien wesentlich untragischer Menschen – eine ziemlich neuartige, noch unerforschte Tragik? Das Tribunal wird sie erforschen? Oder ihrer zumindest Rechnung tragen?

Immerhin bekam ich zuletzt aber von Slobodan Milošević eine Antwort, was ich als eventueller Zeuge denn überhaupt aussagen könnte, und ob meine eher beschränkte unmittelbare Augenzeugenschaft – die gelben Fallschirmchen etwa der tausend NATO-Splitterbömbchen inmitten der Myriaden der gelben, blauen Krokusse (schon wieder!) auf dem Wintersportberg an der Grenze zum Kosovo – denn einen Sinn habe: Ja, das solle ich dem Gericht berichten, und ebenso das Streifen, Lauern und Drohen der Paramilitärrotten, gesehen damals während meiner zwei Fahrten im Bombenkrieg weit abseits von allem Militär und in meinen Augen von diesem wirklich völlig »unkontrollierbar«. Und dergleichen Aussagen hätten gar wohl einen Sinn, denn es gehe nicht um ihn und seine Person (wegwerfende Geste, kurz, schon im Aufstehen), vielmehr um die Wahrheit (das einzige Mal, daß M., wenn man will, »pathetisch« geworden ist, ohne aber den sachlichen Tonfall zu ändern): die Wahrheit müsse heraus, »die Wahrheit wird siegen« (ohne Rufzeichen). Ich erwiderte dazu nur, ich wolle versuchen, ein paar Beobachtungen vor und in den Kriegen für seinen Rechtsberater schriftlich festzuhalten, nichts als persönlich Mitbekommenes, »auf zwei, drei Seiten ...« Was ich zur Wahrheit, die siegen werde, dachte, behielt ich für mich; spreche es auch hier nicht aus.

Klarste Erinnerung jetzt: die jugoslawische Kinderstimme, ganz nah, als der Untersuchungshäftling und sein Besucher sich im Gefängniskorridor voneinander verabschiedeten. Nein, Slobodan Milošević ist dann nicht etwa einen Kinderkopf streicheln gegangen ... Und doch war es, als sei er, momentlang, auf die gleiche Weise abgelenkt – das einzige Mal an jenem Vormittag – wie ich; lasse im Aufnehmen der dort doch seltsamen Anwesenheit eines Kindes (wohl eines Mitgefangenen, bei diesem zu Besuch) für den Bruchteil eines Augenblicks eine kleine Abwesenheit geschehen in seinem wohl Tag und Nacht ihn beanspruchenden Verteidigungsgeschäft. Wahn, meiniger? Nein. *No. Non. Ne* (»nein« serbisch). *Jo* (»nein« albanisch). *La* (»nein« arabisch).

Von einem holländischen Wärter dann hinausgeführt vor das Königliche Gefängnistor, auf ganz anderen Wegen, mit viel weniger Türen aufzusperren. Nach dem Übergang vom Trakt der Vereinten Nationen zu dem der »Normalgefangenen« an den Wachebeamten (Häftlinge sah ich keine) eine spürbare Freudigkeit, gar Festlichkeit: die Niederlande hatten sich am Vorabend für die Endrunde der Fußball-EM qualifiziert, dank der Tschechen, Sieger über Deutschland – und wie strahlte auch mein Führer, als ich ihn darauf ansprach. Und draußen im Freien dann – ich ließ mich von dem Tribunalchauffeur, der mich an einen bestimmten Ort bringen wollte, zu seinem Staunen irgendwo im Unbekannten absetzen, in der Mitte von Nirgends – meine nach den Stunden mit Slobodan Milošević beschlagene Brille. »Ob er sie inzwischen geputzt hat?«

Es war Wochen danach, daß dem jugoslawischen Expräsidenten das Recht zur Selbstverteidigung entzogen (und später halb wieder zurückerkannt) wurde. Keine Frage: die Richter, die so entschieden haben und danach weiter seine Richter blieben, sind, allein schon dieser Tatsache wegen, als Richter disqualifiziert. Nein, ich werde nicht vor dem Tribunal aussagen, auch nicht den geforderten, und vom

Gericht ablehnbaren »Expertenzeugenreport« verfassen (ob auch die Verteidigung umgekehrt Zeugen ablehnen kann?); ich habe nicht einmal die versprochenen zwei, drei Seiten Daten und Fakten aufgeschrieben – statt dessen diese, für jedes ordentliche Gericht, unbenutzbaren, mit »Fakten« kaum aufwartenden vielen. (Unbenutzbar vielleicht nicht ganz ohne Absicht; muß »unbenutzbar« denn »unnütz« heißen?)

Und trotzdem drängt es mich, fern vom Tribunal, hier, auf diesem Papier, etwas zu bezeugen. Je unbenutzbarer, desto besser. Je weniger es offenbar oder unmittelbar mit Anklage oder Verteidigung zu schaffen hat, desto mehr drängt es mich.

Im späten Frühling 1996 war ich im Kosovo. Im Kulturhaus von Priština las ich aus der *Winterlichen Reise zu den Flüssen Donau, Save, Morawa und Drina*; der Text war gerade auf serbokroatisch – immer noch kommt mir dieser Terminus unter, anstelle des »serbisch« oder »kroatisch« allein – erschienen in einem kosovoserbischen Verlag, den es längst nicht mehr gibt. Es waren, anders als bei all den anderen Lesungen zuvor, von Hamburg über Ljubljana bis Belgrad, eher wenige Zuhörer im Saal, und dieser, wie auch das Podium, lag in einer gar nicht frühlingshaften Düsternis. Eingangs sagte ich, ich sähe mich an dem Abend von zwei Abwesenden, zwei Schriftstellern, flankiert: von Ivo Andrić zur einen Hand, und von dem Albaner Ismaël Kadaré zur anderen. Zwar hatte ich die beiden vor allem für mich selber erwähnt, ohne davon ein spezielles Offenwerden des Publikums zu erwarten; aber daß ich bei diesem so eher das gerade Gegenteil erreichte, war mir schon spürbar, bevor ich mit meinem Einleitungssatz zu Ende war. Es wurde die taubeste Lesung von allen, und in den Wortmeldungen – jeder redete für sich allein, monologisierte, immer aufgeregt, vor sich hin – danach ging es um alles andere als das von mir Vorgetragene. Es war mir nicht bewußt gewesen, daß die Widerstände selbst gegen die literarischen Repräsentanten, ja gerade gegen diese, schon so stark geworden waren, daß auch die großen Werke (etwa *Die Brücke über die Drina* oder Kadarés Erzählung von der Felsenstadt Girokaster) nichts mehr galten, geschweige denn eine Versöhnungsspur ermöglichten. Ich erkannte, daß etwa Andrić, längst jenseits seiner doch stetig so gerechten Bücher, von den Albanern inzwischen sogar wegen einiger seiner Äußerungen als Diplomat, etwa gegen das Groß-Albanien, als einer ihrer Grundfeinde betrachtet wurde, ebenso wie Kadaré umgekehrt von den kosovarischen Serben, weil er die gewaltfreie Politik Ibrahim Rugovas in einem Interview als »lasch und träge« bezeichnet hatte. (Was das rote Tuch des Namens »Ivo Andrić« betraf, hätte ich mich nicht zu sorgen brauchen: Es waren wohl nur zwei [2] Albaner im Saal, die danach zu mir kamen und mir, zu meiner Erleichterung und auch Freude, ihre Gedanken zu Wim Wenders' *Himmel über Berlin* erzählten, und noch heute denke ich immer wieder an die Augenblicke mit diesen zwei sehr jungen Leuten zurück, als der Lichtblicke nicht nur jenes Abends in Priština.)

Am folgenden Morgen streunte ich durch die Stadt, weg vom sogenannten Zentrum, dem hauptsächlich serbischen Bereich, der wie schon seit langem verödet wirkte – Jugoslawien als kaum mehr bespielte Kulisse. Wohl auch deswegen, durch die starke Gegensätzlichkeit, erschienen mir die gleich – das »Zentrum« gar rasch hinter mir – in sämtlichen Himmelsrichtungen anschließenden albanischen Quartiere dann so besonders lebendig, bei aller Verwinkeltheit hell, geradezu friedvoll mitsamt dem Durcheinander des Handwerks- und sonstigen Lärms, und jedenfalls gar nicht »arm«, oder ärmlich. Es war ein Vergnügen, in diesem, wohin man auch blickte, kleinteiligen, samt den Minaretten schönkleinen Orient herumzuschlendern, fern von den Machtplätzen und Prachtstraßen. (Daß ich dann in einem Kaffeegarten nicht bedient wurde, hatte ich mir selber zuzuschreiben, unbedarft, wie ich dasaß und die kyrillische Schrift der Belgrader Zeitung *Politika* zusammenbuchstabierte.) Etwas anderes, und auf andere Weise nachhaltig, waren dann in den benachbarten Quartieren die Leintücher, die da und dort aus den Fenstern hingen. Ich habe sie schon an einer anderen Stelle erwähnt, aber ich möchte sie noch einmal, und wieder und wieder, vorkommen lassen. Es waren eher wenige, vereinzelte Tücher, nie an den niederen, Familien- oder Sippenhäusern, sondern allein an den Mietskasernen, da eins und dort eins, und doch sprangen sie, mit Schriftzeichen bemalt, in die Augen, und gehen mir jetzt nach als eine Vielzahl, und obwohl sie jeweils für ein Transparent eher dünn war, erschien mir die Schrift schon damals monumental, und heute noch monumentaler. Es waren jeweils dieselben drei (3) Worte, in den außerhalb des geisterhaften Zentrums kaum sonst sich zeigenden kyrillischen Lettern, Worte auf serbisch: »НИ СМО САМИ« – »WIR SIND NICHT ALLEIN«. Apartheid? Welche?

Noch und noch »détails significatifs«, oder auch »non significatifs« (bedeutungslos jedenfalls für ein Tribunal) könnte ich aus jenen Kosovo-Tagen bezeugen. Ein einziges sei hier festgehalten. Der offizielle Teil vorbei – die serbischen Klöster und die himmelhohe Amselfeld-Stele (diese und das Schlachtfeld selber, anders als die Klöster, noch so eine verlassene und nichts als Verlassenheit ausstrahlende Kulisse) –, verbrachte ich einen Nachmittag in der letzten noch serbischen Gaststätte, zugleich einem der paar letzten serbischen (Wohn-)Häuser in Dečani, einem sonst von Bewohnern bis weit über die Ortsränder, hinaus in die Landstraßen und sogar Feldwege nur so wimmelnden (ich finde kein anderes Wort, »berstenden«?) Riesendorf im Westen des Kosovo, nahe dem gleichnamigen orthodoxen Kloster, einem der, in einer Bachsenke gelegen, anmutigsten Bauwerke des Orients wie Okzidents. Auf diese Gaststätte war drei Monate zuvor jenes Attentat verübt worden – in der nämlichen Nacht zwei ähnliche Anschläge in der Provinz –, mit dem, insgesamt fünf Tote, im Dečani-Gasthaus drei, die albanischen Freiheitskämpfer ihr erstes großes, konzertiertes Signal gaben.

Das Detail, das mir davon nachgeht, ist aber ein anderes als etwa der von den tödlichen Schüssen gestriemte Küchenboden (serbische Maskerade?) oder der angebliche Stromausfall in der Straße oder das Dunkelwerden aller anderen Häuser kurz vor dem Überfall samt angeblichem Wiedereinschalten der Lichter gleich danach, ohne Nachbarschaftsreaktion auf die Schüsse: Es bezeichnet den Moment des Auf-die-Straße-Tretens, zusammen mit dem Wirtsehepaar des »Čakor«, das, so seine wieder und wieder erklärte Absicht an dem Spätfrühlingstag 1996, sein Gasthaus und sein Haus um keinen Preis aufgeben wollte. Die Straße, obwohl eine Neben- oder Seitenstraße von Dečani, war trotz des Nachmittags so voll wie, sagen wir, die Ginza oder die Kärntner Straße zur Hauptgeschäftszeit, wenn auch fast nur mit Fußgängern. Alle die Passanten, ohne die Köpfe zu wenden, sahen uns, mich und das Wirtepaar, vor dessen Tür. Sie hatten uns im Auge, groß. Ich wollte den und jenen grüßen. Doch das kam nicht in Frage. Wir, die andern, wurden von den Hundertschaften der Vorbeigehenden zwar registriert, aber existierten in ihren Augen nicht. Das Registriertwerden war zugleich etwas wie ein Weg- oder Ausgezähltwerden, ein vollkommen passives, allein mittels der Augen. Wir paar andern zählten nicht. Sie waren die Zahl, jenseits von »Volk« oder was auch. Die Menge macht's. Nur sie existierte, auch als rein passive. So war es, und so sollte es sein. Und dabei erschien mir niemand in dieser Menge eigens böse. War nicht eine besondere Geduld in den Augen? Oder aber ein Abwarten? Niemand in der großen Zahl würde uns etwas tun, heute nicht, und auch morgen nicht.

Warum aber sehe ich, nein, sah ich schon da und damals, in solchem tausendäugigen Registriert- und Für-nicht-vorhanden-Erklärtwerden, bei totaler Passivität sonst eine Aktion, eine symbolische, ein Tun, das Vorwegnehmen eines Tuns? eines Tuns schon im Vorwegnehmen, gleichsam ein magisches Handeln? Auch ich in der Paranoia, von welcher, ebenso wie von dem bösartigen Trotz, *inat*, ganz Serbien getrieben sei, siehe: »Wir sind – allein«? – Wozu mir jetzt ein wirklicher oder angeblicher Satz von Stanley Kubrick in den Sinn kommt, vermutlich sei ein Paranoid-Schizophrener derjenige Mensch, der den wahren Zustand der Welt am ehesten erkannt habe.

Zu bezeugen, nein, eher festzuhalten, erst einmal für mich selber, drängt es mich, was mir begegnet ist im Winter vor zwei Jahren, Anfang 2003, in der Gegend von Srebrenica. Und auch hier soll es mir recht sein, wenn sich vielleicht dies und jenes schon Aufgezeichnete in Varianten wiederholt. Schon mehrmals im Lauf der Jahre war ich ja, außer mit den Flüchtlingen und Vertriebenen (hauptsächlich aus Sarajewo) zusammengekommen mit ein paar einheimischen, ostbosnischen Serben, die zwischen 1993 – da erst, nicht schon 1992, bei Kriegsausbruch, hätten sie sich organisiert – und dem berüchtigten Juli 1995, dem Monat des (oder der) Massaker, gegen die in Srebrenica verschanzten Muslime gekämpft hatten! Immer war ich darauf aus gewesen, zu wissen, mehr noch als von den scheint's doch aufgeklärten Massakern, von denen meine Gegenüber nur nichts sagen konnten (oder wollten), von der Vorgeschichte, den Ereignissen bis zur Einnahme des Bergschluchtstädtchens; und immer wurde nur eher Disparates, Unzusammenhängendes, gar Bruchstückhaftes erzählt – was auch verständlich war, so zusammenhanglos und abrupt hatten die einzelnen Kämpfer die chaotische Kriegszeit wohl in der Tat erlebt, nicht nur um Srebrenica. Diesmal aber fragte ich ohne Bedenken – denn so bedrängt und zurückgedrängt in der Region schienen die paar, daß es vielleicht das letzte Mal wäre, daß einer wie ich sie noch fragen könnte: Ich wollte, wenn schon nicht verstehen (ein Ding der Unmöglichkeit), so doch den, einen Zusammenhang sehen. Wie hat es angefangen?

Und diesmal redeten sie endlich frei heraus, äußerten eins nach dem andern, was sie bis dahin unnötig gefunden hatten, zu äußern, nicht dringend auch, zudem »unter ihrer Würde«, indem es ihnen doch von vorneherein selbstverständlich, als etwas »Selbstredendes« vorkam. Ich habe mitgeschrieben und gebe, anders als bei dem in meinem Suhrkamp Verlag herausgegebenen – und von den Herausgebern »bearbeiteten« – Haager Prozeßprotokoll zu Srebrenica, wo sämtliche Zeugen der Verteidigung *kursiv*, kursorisch in indirekter Rede, in Abbreviatur, vorkommen, die Sätze der zwei, drei Srebrenica-Serben in der direkten Rede wieder: »Wir waren am Anfang des Krieges *nicht* organisiert. Die ersten Toten waren die unsrigen, in Skelani, dann in den anderen serbischen Dörfern um Srebrenica, in Podravanje, in Krnići, in Ratkovići, in Zalaze. Die Muslime unter ihrem Kommandanten Naser

Orić haben systematisch alle Dörfer zerstört. Wir Serben sind schon im Mai 1992 aus Srebrenica geflüchtet, hauptsächlich nach Bratunac, nah der Drina. Organisiert haben wir uns erst nach dem Überfall im Januar 1993 auf das Dorf Kravica. Dieses war, wie alle Dörfer in der Gegend, nicht verteidigt, und so konnten die Leute von Orić ohne weiteres Kravica einnehmen und fast alle Bewohner, weit über hundert, umbringen. Und auch dann, nach dem 16. Januar, organisierten wir uns ausschließlich als Soldaten der Republik Srpska, keine JNA (= Jugoslawische Volksarmee) mit uns, ›samo srpske vojske!‹, die Organisation begann erst aus der Not, und so erst entstand unsere Armee. Mit einer Armee vor dem Januar 1993 hätte es doch nie zu dem Massaker von Kravica kommen können, und auch nie zu all den massakrierten serbischen Dörfern schon 1992!« (Und dann aber der finsterste Zorn-Satz:) »Hätten wir [nach den 92/93-Massakern durch die Muslime in der S.-Umgebung] im Februar 1993, da erst hörten wir von Kravica!, die Macht gehabt, wir hätten ganz Srebrenica ausgelöscht.« Und warum solch starkes (hm) Behauptenwollen (hm) durch die muslimische Kriegspartei gerade des kümmerlichen Srebrenica? Wegen der Bodenschätze, des Silbers, des Kupfers, des Bleis? Wegen des Heilwassers (nur mit Halmen zu trinken, es greift die Zähne an)? – »Weil S. nach dem Fall von Višegrad, dem Zentrum der ostbosnischen Muslime, deren großes Symbol wurde. Es mußte muslimisch werden und bleiben! Und sie haben in den Dörfern alle Serben samt Frauen und Kindern getötet, die Unsrigen aber nach dem Fall von S. ausschließlich Soldaten. Was ist der Genozid?« (Im erwähnten Haager Protokoll heißt es für die Massaker an den Serbendörfern übrigens höchstens: »Einzelne Übergriffe ...«)

Danach von Srebrenica die winterliche Fahrt, tiefer

Schnee, große Kälte, zum Dorf Kravica, etwa 20 km nordostwärts. Ostbosnische Streusiedlung, die Kirche mit dem Friedhof, wie üblich, abseits oben auf einem Hügel, hinter dem es Hügel um Hügel, einer den andern fast verdeckend unübersichtlich weitergeht, nur wie? Keine Menschenspuren im Friedhofsschnee, nur da und dort um die Gräber – die Gestorbenen als Ganzfiguren in die Stelen eingraviert, lebensecht. Zurück ins Dorf ohne Zentrum, schwarzes Bachwasser gesäumt von Eiszapfen. Niemand? Dann in der roten Wintersonne doch eine Frau neben einem Haus, nackte Arme im Frost, abweisend, blicklos. Blickwerden dann, auf meine Frage. Einladung ins Haus. Ihr Mann war einer der während des serbischen Weihnachtsfests damals Gemetzelten. »So war es eben«, sagte sie, aber das war zugleich eine Klage. Im Haus lebte noch des Toten alte Mutter, die Kaffee zubereitete und dann redete. »Ein Glück, daß meine Tochter mit ihrem Sohn damals nicht in Kravica war. Wir Überlebenden haben dann die Toten in der Asche gefunden. Sie waren nur an den Gewandfetzen zu erkennen. Überall Asche. Jahrelang wuchsen im Dorf keine Früchte mehr. Dabei haben die Alten gesagt, daß es einen Gott gibt. Hätte mir jemand vorher gesagt, daß so etwas geschehen werde, ich hätte mich umgebracht, um es nicht zu erleben.« – Ob sie von ihrem toten Sohn träume? – »Wenn es wenigstens mein Mann gewesen wäre. Aber mein Kind – Ja, ich träume von ihm, zašto da ne, warum denn nicht? Ich höre da, daß er Hunger hat, und möchte ihm zu essen geben.« – Ob sie an Rache denke? – »Rache? Nur daß ich sie nicht *sehen* muß, die Muslime.« – Ob ich zu viel frage? – »Nein, nicht zu viel. Wenn mein Schmerz da ist, rede ich, auch wenn mich niemand fragt.«

Danach kaufte ich an der Landstraße in dem einzigen Laden von Kravica eine Kassette, auf welcher das Weihnachtsmassaker 1993 besungen wird, von einem *guslar*, einem epischen Sänger, der zu seinem Erzählgesang zugleich seine gusla, das Instrument mit nur einer (1) Saite, aber was für eine, streicht. Noch nie hatte ich so ein zornerfülltes Erzählen vernommen, solch einen zornigen Gesang, als ob der Sänger, aus der vollen Brust singend, zugleich mit den Zähnen knirsche. Nicht nur aus Wut (und Ekel) konnte man also singen (Beispiel Eminem), und nicht nur rachsüchtig (wie in einem seiner späten Lieder John Fogerty, gegen den Studioboß, der ihn all seiner Songs beraubt habe), sondern auch aus Zorn, und was für einem, einem Zorn jenseits von Rache oder Wut, aber auch jenseits der bitterlichen, im Singen sich besänftigenden Trauer eines Blues.

Und ich dachte, vor meinen TV- und Zeitungsblätterer-Augen die Bilder der »Mütter von Srebrenica«, organisiert und aktiviert für die Weltöffentlichkeit, hoffentlich von den Müttern selber, nach dem Muster der ihre in der Diktatur verschollenen Kinder suchenden »Mütter von Buenos Aires« (so wie all die heutigen sanften, samtenen, orangenen, rosenfarbenen, nelkenduftenden »Revolutionen« – schon recht – ihr Muster, ihr Original, in der »Revolution der Blumen« gegen die portugiesische Diktatur haben), dachte, angesichts all dieser Mehrzahlen von Müttern und Revolutionen, an den einen (1) Zorn des einen (1) Guslar von Kravica, dachte, und denke, und werde zeit meines Lebens denken, an die eine (1), einzählige, von ihrem hungernden toten Sohn träumende Mutter, *majka*, des in den Hügeln von Srebrenica verlorenen Streudorfs Kravica, und wie diese Mutter auf meine Frage, ob es den Überlebenden nicht unerträglich vorkomme, daß das Massaker von Kravica, wie all die Massaker in den umliegenden Dörfern, vergessen seien, antwortete: »Aber die ganze Welt weiß doch davon!«

Sooft ich in den vergangenen Jahren durch das Rumpf-Jugoslawien (Serbien) fuhr, wanderte, streunte, zog es mich auch immer mehr von Belgrad weg aufs Land, in die Provinzstädte, wo in dem, so die Regel, einzigen Hotel dort in sämtlichen Etagen – bis vielleicht eine für die paar Reisenden – die Kriegsflüchtlinge hausen, Serben aus Bosnien, aus Kroatien und dem Kosovo. Aber auch hier war ich lange im Abstand geblieben; hatte mich nicht genähert, geschweige denn gefragt. Die Trakte wirkten zudem so unzugänglich wie die Bewohner. Diese zeigten sich zwar, etwa in den Fluren da und dort auf den Fersen hockend, aber sie blieben unhörbar. Auch untereinander hörte ich sie nie sprechen. Die Fenster der ehemaligen Hotelzimmer, ihrer Wohnräume, zeigten sich von außen in der Regel dicht verhängt von Kleidungsstücken – wenn das aufgehängte Wäsche war, würde die so schwer trocknen, und bei Zimmern mit Balkonen – die gab's sogar im ehemaligen Jugoslawien – waren die vollgeräumt mit Gerümpel, auch Töpfen und Kesseln: kein Platz da für einen Menschen, nicht einmal für Kinder – und lebten da auch Kinder (nicht viele), stumm auch sie.

Eines Tages dann habe ich mir ein Herz gefaßt und bin durch eine Schwingtür in solch einen Flüchtlingsflur getreten. Das war in dem Hotel der Stadt Negotin, im östlichen Serbien, schon halb Rumänien. Es genügte das Überschreiten dieser Schwelle, und nacheinander gingen, wie in einem beschleunigten Film, die Flurtüren auf. Diese Leute, die aus dem Abstand, mit ihrem lautlosen Dahinschlurfen und zu Boden geschlagenen Augen, einen geisterhaften Zug armer und untoter Seelen vorgestellt hatten, nahmen, ohne von einem besonderen Zauberstab berührt worden zu sein, Körper und Gestalt an. Ein Gruß meinerseits genügte, und ich wurde in ein Zimmer nach dem andern gebeten.

In diesem Hotel, wie in dem der Bergwerkstadt Bor am Vortag, waren nur serbische Flüchtlinge aus dem Kosovo untergebracht (das Wort trifft ihre Lage nicht schlecht). Ein jedes der Zimmer beherbergte (hm) eine Familie, oft nicht nur Eltern und Kinder, sondern auch noch die Großeltern, oder einen Teil davon. Trotz der bis zur Decke oben gestockten Schlafstätten, tagsüber Sitzgelegenheiten, und trotz der aus allen Winkeln in die Zimmermitte vor»kragenden« Habseligkeiten herrschte kein in die Augen springender Platzmangel, und trotz der vier, fünf Bewohner, selbst mit mir, dem Dazugetretenen, kein Gedränge. Schon so lange lebten die Flüchtlinge da auf engstem Raum, daß ihre Bewegungen vollkommen eingespielt wirkten. Vielleicht hatten sie am Anfang diese Provinzhotelzimmer für eine Zwischen- oder Übergangsstation angesehen, und sich selber, statt als Flüchtlinge und Ausgesiedelte, als Aussiedler, unterwegs in neue Existenzformen. Doch inzwischen schienen sie sich im Flüchtlingsdasein, als Endstation, eingerichtet zu haben. Ausgenommen diesen oder jenen, der auf einen Angehörigen, einen Sohn oder eine Tochter im fernen westlichen Ausland, in Kanada etwa, hoffte, ihn nach Übersee zu holen, waren sie ohne irgendwelche Zukunftsaussicht. Auch im Land selber, in Serbien, gab es für sie kein Weiterkommen mehr, da schon gar nicht. Wenn schon die Einheimischen, die vom Ort, kaum Arbeit fanden ... Und für diese waren sie, aus dem Kosovo, die fremdesten der Fremden.

Abgefunden hatten sich die Flüchtlinge so auch damit, auf unabsehbare Zeit unter sich, fast allein in den Zimmern und Korridoren zu bleiben; für die Ansässigen nicht zu existieren; daheim im Kosovo die Feinde, und hier nicht einmal mehr Feinde. Die staatliche Unterstützung – sie beklagten sich nicht – reichte gerade zum Dahinvegetieren.

Aber vegetierten sie? Nein. Schon ihre Augen, als sie die endlich vom Boden hoben, sprachen eine andere Sprache (wie dazu das Übergehen vom Schlurfen, Hocken und Winkelstehen in eine harmonische Bewegungsfolge auf engstem Raum – gerade auf ihm?). Und wie und was sie dann wirklich sprachen, aus ihrer scheinhaften Pflanzenregression heraus, aus dem Stand, in schöner Selbstverständlichkeit, das wäre wert gewesen, Wort für Wort, und ebenso Stimmfall für Stimmfall, aufgezeichnet und überliefert zu werden. (Nur: von wem? für wen?) Im Gegensatz zu den Leuten von Kravica, und vor allem zu den anderwärtigen Flüchtlingen aus den balkanischen Sezessionskriegen verwendeten sie keinen Gedanken daran, daß die Welt von ihnen wisse, oder wissen sollte, oder gar, daß die Welt an ihnen interessiert sei. Sie waren durch und durch hoffnungslos. Und so war auch das Leuchten in ihren Augen und insbesondere das Herzliche und, ja, Zutrauliche ihrer Stimmen – ob sie nun Kaffee anboten oder von ihren Tagen und Nächten im Flüchtlingstrakt erzählten, mit einem kleinen Ausgang hinaus auf den Gehsteig vielleicht in der Dämmerung – das Leuchten und das Zutrauliche der endgültigen Hoffnungslosigkeit.

Auf eine Weise, nicht für sie skandalöse Weise, vegetierten sie – und auf eine andere Weise kam aus ihrer Hoffnungslosigkeit eine wie nur je menschenwürdige Geistesgegenwart (die freilich den Skandal, daß und wie sie da hausten, nicht aufhob, im Gegenteil). Im Vergleich zu diesen durch Flure und Flure geistesgegenwärtig Hoffnungslosen wirkten die paar Ausnahmen, die auf ein neues Leben beim Sohn oder Neffen in Brasilien oder Kanada hofften, mit Karten der fremden Länder an den Zimmerwänden, geradezu stimm- und sprachlos; abwesend; träumerisch, eher noch: traumverloren. All die anderen Flüchtlinge in den Dutzend und Aberdutzend gerümpelhaften Weltabseitshotels aber existierten, existieren längst jenseits jedes Traums – ja, existieren (im erzwungenen Vegetieren), für den, der einen (1) Schritt tut.

Ich habe diesen Schritt viel zu wenig getan; zu wenig entschieden; zu wenig oft. Nur einmal noch seit Negotin habe ich mich zu einer der Gruppen der zighunderttausend Flüchtlinge in Serbien gewagt (und es war ein Sichhinwagen, ein Sichaussetzen). Die in Bor, die in Perućac bei Bajina Bašta, die in Arandjelovac/Šumadija habe ich zwar aus der Distanz – das konnte auch eine bloße Ellenbogendistanz sein – aufgenommen. Aber ich habe das Fragen, das Grüßen, das Michdazugesellen versäumt, bis jetzt jedenfalls.

Das zweite Mal, das war auf der Fruška Gora, dem langen Hügelzug zwischen Belgrad im Südosten und Novi Sad/Vojvodina im Norden. Ein altes Berghotel steht da auf der Kuppe, mitten in der Natur, fernab vom Dorf Irig am Hügelfuß, und noch ferner vom großen Novi Sad andererseits, tief unten an der Donau. Ich hatte einmal, bei meiner ersten Reise, zum Ende des Bosnienkrieges im Spätherbst 1995 da übernachten wollen. Doch schon damals vor bald zehn Jahren war das große Hotel ausschließlich eine Flüchtlingsunterkunft; kein Platz mehr für irgendwelche Hotelgäste; ein paar einzelne alte Männer, aus den vormals serbischen Teilen von Sarajewo, standen daneben an der Paßstraße und versuchten, den paar einzelnen Autofahrern Zigaretten zu verkaufen.

Auf einer meiner letzten Reisen nach Serbien fuhr ich aus der pannonischen Ebene eigens hinauf zu dem »Hotel«; es war ein Reiseziel. Das lange Steingebäude, in einer Art Lichtung der stark bewaldeten Fruška Gora, lag still; kein

Rauch auch – aber es war Frühling, laue Luft auch in der Berghöhe. Zwei alte Frauen, wie sich herausstellte, keine Flüchtlinge, sondern einheimische Serben, gruben im hohen Gras vorm Haus Löwenzahnsalatkränze aus: ob noch Leute drin wohnten? Die Frauen wußten es nicht, obwohl sie fast täglich hier vorbeikamen.

Die Tür zur ehemaligen Rezeption war offen, offen freilich eher wie bei einem Objekt unmittelbar vor dem Abbruch. Die frühere Rezeptionskabine leer, mit gesprungener Glasverkleidung. Aber innen eine nackte Glühbirne, die brannte. Mehrmaliges Klingeln – die Klingel kaputt? –, dann Klopfen und Rufen, ohne daß jemand kam. Das Stiegenhaus sauber, wie frisch gewaschen – so auch der Geruch –, fast einladend; zugleich, bei gleichsam geballter Lautlosigkeit, wie ein verbotener Bereich. Umkehren? Die lange Anreise für nichts? Hinaufgestiegen in die erste Etage, eigens laut aufgetreten, wieder gerufen: noch immer nichts, leerer dunkler Flur, die Zimmer alle unbewohnt? Weiter hinauf in die nächste Etage, stampfend, hustend, usw. Schließlich an eine der Türen geklopft. Niemand.

Dafür aber ging nun eine andere Tür auf – Grüßen, Zurückgrüßen –, dann noch eine. Mir nichts, dir nichts umringt von noch und noch Zimmerleuten (die hier eher einzeln lebten, wenige als Familien, eher kleinen, Mutter-Tochter; Vater-Sohn – und wieder geradezu märchenhaft selbstverständlich willkommen geheißen: jeder auf der Stelle ganz da für den Gast, den seltenen? nein, für den Gast oder Besucher, jedenfalls einen derartigen, als die Seltenheit der Seltenheiten. Alle die in mehr und mehr Zurückgezogenheit verbrachten Flüchtlingsjahre war ihnen das nicht passiert, Leute von außen waren fast nur die Zusteller der wöchentlichen Brotrationen und die Verteiler des staatlichen Kleingelds, einmal im Monat?, keine Reporter jedenfalls, und schon gar keine vom Ausland, auch keine »westlichen« Humanitäraktivisten: aus sämtlichen Stockwerken, wie auf Klopfzeichen, nein, nicht liefen, schlenderten und kurvten sie nun daher, zwischen Staunen und eben Selbstverständlichkeit. Versammlung desgleichen im ehemaligen Speisesaal, als habe der nur darauf gewartet.

Die allesamt langjährigen Flüchtlinge hier in der Fruška Gora stammten aus sämtlichen Teilen des zerschlagenen Jugoslawien, aus Bosnien – Regionen, wo jetzt nur noch die Muslime lebten –, aus der inzwischen kroatischen (oder menschenleeren) Krajina, und einige nannten als Herkunftsstädte gar Split und Zadar, fern an der Adria. Sie waren, in der Regel mittelständische Menschen, daheim einst in Individualberufen, Selbständige, hier in dem Berghotel alt geworden (wenn auch noch keine Greise), die Frauen Matronen, die Kinder längst ausgewachsene, auf Arbeit wartende Junge, die auf der Flucht mitgenommenen Säuglinge fortgeschrittene Schulkinder (Schulbusse für Novi Sad, das immerhin).

In ein paar Monaten sollten sie alle aus dem Flüchtlingsheim. Dieses sollte wohl wieder Hotel werden, das war vorstellbar, sie hatten die Räume spürbar geschont. Wohin dann? Sie wußten es nicht. Zurück in die Stammorte, so wie doch viele der geflüchteten Muslime zum Beispiel nach Srebrenica und Višegrad zurückkehrten? Nein, nie mehr zurück – nicht einmal zu den Palmen am Hafen von Split mit Blick auf das Mittelmeer. Sie lebten entschieden ohne Gedächtnis – ohne daß sie auch nur einen Moment der Flucht oder Vertreibung vergessen hatten –; völlig in der Gegenwart; ja, das Wort nicht abwertend verstehend, animalisch (ein Gegenteil des Vegetierens).

Klar war auch: Keiner von diesen Flüchtlingen, ebenso wie die aus dem Kosovo, hatte je mit den Kriegen zu schaffen gehabt, jeder war der Flüchtling »Flüchtling«. Und wenn sie jemanden verantwortlich machten, so sagten sie es, hier wie dort, jedenfalls nicht, oder waren es längst müde geworden. Dabei waren hier aber zumindest ein paar Junge, vielleicht auch weil der und jener einen Raum ganz für sich hatte (eine kurze Zeit noch), auf dem Sprung. Die Karte, die einer von ihnen an seine Zimmerwand geheftet hatte, zeigte kein ersehntes Auswanderland, sondern die Erde vom Mond aus gesehen; eine andre den Planeten Mars, mit dem Olympus Mons, dem höchsten Berg, mehr als 20 000 m hoch, im Sonnensystem (die Fruška Gora kommt gerade auf 500 m).

Und einem der Jungen war der ehemalige Tanzsaal des Hotels, der hellste und größte Raum im Haus, im offensichtlichen Einverständnis aller, vom, sagen wir »Ältestenrat der Flüchtlinge« überlassen worden als Mal-Atelier: Er war da, nicht nur der Anzahl der (Öl-)Bilder nach, ausdauernd und konzentriert bei der, seiner Sache, mit dem Licht, das durch die hohen Ballsaalfenster kam, von Sonnenaufgang her. Hoffnungslosigkeit? Wäre es in meiner Macht gestanden, ich hätte, nach langer Betrachtung der Werke, in denen die monumentalen und zugleich demütigen Formen und Farben Max Beckmanns neu gemischt erschienen, den Preis gleich welcher Bi- oder Triennale zuerkannt, für die »Große Hoffnung vom Balkan«. Thema der Bilder? Weder Flucht noch Flüchtlingsdasein, zumindest nicht die bestimmte Flucht, oder das persönliche Dasein.

Und, so oder so, waren die übrigen Insassen, nach-gedrängt Kopf an Kopf in das Atelier, klar stolz auf ihren Künstler. Und von mir wünschten sie sich zum Abschied, daß ich wiederkäme vor dem Beginn des Sommers, bevor sie ihr Heim verlassen müßten. Und ich? Versprach es – habe aber dann mein Versprechen nicht halten können. Auch darum wohl dieser Zeugenbericht hier.

»Gericht ist Gericht«, war der Ausspruch eines der jetzigen episodischen Scheinmachthaber Serbiens, mit dem er das Internationale Tribunal guthieß und unterstützte. Nein, Gericht ist nicht Gericht. Und »Zeuge ist Zeuge«? Nein, Zeuge ist nicht Zeuge. Wenn, so betrachte ich mich als einen Umwegzeugen. Und ein solcher – ist vielleicht nicht nichts, aber nichts für ein Tribunal, oder überhaupt für ein ordentliches oder außerordentliches Gericht, so wie umgekehrt das Tribunal nichts ist für die Umweg-Zeugenschaft.

In der spanischen Mancha gibt, oder gab, es das Naturphänomen der »Tablas«, genannt nach der nächstgelegenen Stadt »Las Tablas de Daimiel«. *Tablas*, eigentlich »Tafeln«, heißen die sich aneinanderreihenden Wasserstellen nördlich von Daimiel, in Richtung Orgaz und Toledo. Mit dem Aussehen von langgestreckten, annähernd ovalen Teichen – wohl deshalb »tablas« geheißen? – sind sie in Wirklichkeit Teilstücke eines Flusses, des río Guadiana. Sie bilden seinen Oberlauf, der aber immer wieder wie rhythmisch in dem porösen, auch ausgehöhlten Kalkuntergrund verschwindet und auftaucht, einmal mit weniger Wasser, einmal mit mehr. Die Quellen des río Guadiana heißen *ojos*, »Augen«, weil sie nicht aus einem Berg fließen, sondern von unten heraufsteigen oder -sprudeln, aus der Mancha-Ebene. Schon Cervantes hat dieses Naturphänomen der rhythmisch zutage tretenden und abtauchenden Wasser, »die feuchte Mancha«, gekannt und evoziert: »Der Guadiana verbirgt sich und erscheint neu …« Überall in der Kleinstadt Daimiel stößt man auf Darstellungen der Tablas.

Eine solche Landschaft will gesehen und erlebt werden. Eine Broschüre für Abseits-Touristen, nicht nur mit

Photos und Skizzen, sondern auch Lust auf Abenteuer machenden Legenden bereitet darauf vor. Den reinen Textteil liest man, schon halb im Aufbruch zu den geheimnisvollen Tablas und »Augen«, nur in den Hauptzügen: Durch das aufsteigende Mancha-Grundwasser ein von Jahreszeit zu Jahreszeit sich selbstregulierendes, einmaliges Naturreservat; die Wasserstellen sehr tief, »das Fließen fast unmerklich« (aus einem topographischen Bericht im 16. Jahrhundert); trotzdem starke Schubkraft des Wassers, Mühlen noch und noch; gewaltiger Reichtum an Fischen, auch Krebsen und Aalen, auch Wasserschlangen und – eßbaren – Wasserspinnen, auch Blutegeln und den oben im Schilf und in den Ufersträuchern siedelnden San-Andreas-Fröschen, von den seltensten Arten der Wasservögel zu schweigen; gesäumt von Reisfeldern mit dem »besten Reis Spaniens«; dazu Hunderte von Müller-, Jäger-, Fischer- und Bastbinderhütten – insgesamt, zusätzlich der mit den *Norias*, den nach altem arabischen Muster gebauten Schöpfrädern, bewässerten Olivenhainen, Weizenfeldern und Weingärten, die Tablas so der ganzen Region oder Comarca von Daimiel zwar nicht gerade Reichtum, doch das Auskommen ermöglichend und, vor allem, annähernd ein Selbstversorgertum, eine gewisse Unabhängigkeit. Das gibt es? Heute? Da muß man hin. Das ist es! Das wäre es.

Laut Broschüre waren die Tablas ohne Bus- oder Zugverbindung, und so nahm ich vor zwei, drei Jahren in Daimiel einen Fahrer. Die »Tablas« als Zielangabe schienen ihm zuerst nicht zu genügen. Aber er schwieg und fuhr nordwärts. Es war Winteranfang, wo es auch in Spanien viel regnet, und ich erwartete, wie ich es vom Karst gewöhnt war, nach der üblichen steinig-gerölligen Mancha weithin um Daimiel, fast aufgeregt das ausgedehnte Blauen und Grünen der noch nie gesehenen »nassen Mancha«. Wir fuhren und fuhren, und nach der Karte in der Broschüre mußten wir die Tablas nun vor uns haben. Ich fragte den Fahrer. Er zeigte vor sich hin ins Leere: »Da sind die Tablas.«

Da war aber nichts, kein Wasser, keine Mühlen, keine Hütten, kein Reis, nur das Gras, stellenweise etwas dunkler als das sonstige Steppengras, schütter aufwachsend aus einem rissig-bröckligen Untergrund, der aus vertrocknetem, verrottetem Torf bestand. Keine Tablas, auch »flußab« nicht, nirgends. Wo war der Fluß? Der río Guadiana? Weiter, flußauf, ostwärts, zu den Quellen, den Augen. Nichts da. »Wo sind sie, die Augen des Guadiana und die Tablas von Daimiel?« fragte ich den Fahrer. Es gab sie nicht mehr seit Jahrzehnten, und so gab es auch das dazugehörige Land, das Nährland, nicht mehr.

Und nicht etwa die Natur, etwa Dürre, habe das gemacht, sondern »der Mensch«. In der ganzen weiten Gegend der nassen Tablas sei, »aus Wirtschaftsgründen«, von den privaten Landeignern bedenkenlos, ohne Rücksicht auf das Gesamtgebiet, zur Intensivierung des weitflächigen Ackerbaus (fast nur, wie von außen verlangt, Mais, und noch einmal Mais) das Grund- und Quellwasser des río Guadiana durch Drainage abgesaugt worden. Folge: Austrocknen des gesamten Oberlaufs, Einstürzen der unterirdischen, natürlichen Wasserleitungen, und deren Undurchlässigwerden dann durch den verrottenden, absinkenden und alle Poren des Untergrunds verstopfenden Topf und den einsickernden Ton und Lehm, und das unwiderruflich. Die Region der Tablas zerstört für allezeit – wenn es auch, so der Fahrer, neuerdings, von außen her Pläne gab, künstlich, durch Pipelines? Kanäle? den früheren Zustand, zumindest für den Anschein, für die Augen, wiederherzustellen. Aber die Leute der Camarca seien gegen solch eine künstliche Rekonstruktion – dann lieber so wie jetzt, die paar Stellen von dunklerem Schilfgras im Steppengras, die morgen schon ausgebleicht wären und der Steppe angeglichen, als Tiere nur noch die Füchse bei den zerbröckelnden Fischerhütten, Mühlen und verrosteten Wasserrädern. Eine geplante, fruchtlose Park-Natur konnte ihnen gestohlen bleiben.

Trotzdem, obwohl nichts mehr zu sehen war – erst nachher fand ich die Geschichte, ein paar eher versteckte Sätze, auch in der Broschüre –, wollte ich schauen und schauen. Aber der Fahrer, der Einheimische, statt zu verlangsamen, fuhr schneller und schneller. Er verstand mich nicht. Was ihn betraf: nichts wie weg von den ehemaligen »Flußteichen« und »Quellaugen« – nichts wie weg von den Resten der Reste der sogenannten »Tablas de Daimiel«. Als er mir die Geschichte von deren Zerstörung erzählt hatte, war zwar, bei der Schilderung des früheren Zustands, eine Zuneigung, ja etwas Liebevolles dabei gewesen (keinerlei Sehnsucht oder »Nostalgie«), doch was vorherrschte, gerade in der Einsilbigkeit: der bitterste Zorn; der Ingrimm. »Mir ist etwas genommen worden. Und nicht nur mir: Uns.«

Und unwillkürlich, von meiner eigenen Frage überrascht, fragte ich ihn dann nach Jugoslawien. Ich hätte niemanden sonst danach gefragt, habe seitdem auch niemanden mehr gefragt, und werde niemanden mehr nach Jugoslawien fragen. Der Mann von Daimiel antwortete mit Selbstverständlichkeit. Er zeigte sich »informiert«. Nur war das, in seinem Fernab, ein anderes Informiertsein als das sogenannt nachbarliche, oder transatlantische; anders auch als das seines Landsmanns in Brüssel, der, mit einem ständigen Grinsen im Angesicht, bei dem Human-Krieg der NATO gegen Jugoslawien mit das Bomben- und

Raketenkommando gehabt hatte und sein Grinsen seitdem in seinen fortgesetzten humanitären Aktionen weltweit weitertrug, und -trägt. Die Antwort des Gefragten werde ich für mich behalten. Ich hätte ihn freilich nicht gefragt, hätte ich sie nicht vorausgeahnt.

Januar 2005